COLLECTION POÉSIE

PAUL ÉLUARD

J'ai un visage pour être aimé

Choix de poèmes 1914-1951

Préface d'André Velter

nrf

GALLIMARD

POUR DÉVÊTIR LA NUIT

Paul Éluard avait le goût des anthologies. Pas des recensions qui prétendent classer et juger une fois pour toutes. Avec lui, l'exploration s'apparentait à une succession de coups de cœur. Il se voulait défricheur, aiguilleur, médium, et toujours en alerte, préférant la ferveur, l'intuition, le plaisir, la fraternité, aux prudences des archivages convenus.

Quand il propose en 1947 sa lecture d'un siècle de poésie, de Chateaubriand à Reverdy, il donne à ce survol un titre aux accents de manifeste : Le meilleur choix de poèmes est celui que l'on fait pour soi. *Et dans son préambule, il précise on ne peut plus clairement sa pensée :* Les professeurs de poésie étant conçus mais à naître, je me méfie des anthologies objectives. On nous apprend ici à mourir plutôt qu'à vivre, à se cacher plutôt qu'à se révéler.

Même affirmation tonique, quatre années plus tard, avec la Première anthologie vivante de la poésie du passé *qu'Éluard compose comme un hymne à ses* frères humains *qui, en dépit du temps écoulé, se rencontrent au présent dès qu'une main complice se tend et se saisit d'un de leurs recueils. Car pour l'auteur de* La Vie immédiate, *c'est* la vie triomphante *qu'il importe d'accueillir et de célébrer, et* c'est l'homme sans autre maître que son désir *qui doit à la fois créer, rêver, promouvoir, enflammer cette poésie d'évasion et d'action, de douceur et d'alarme où* l'imagination, comme la réalité, est de plus en plus vaste.

Choisissant chez ses devanciers les textes qu'il affectionne le plus, et dont il avoue qu'il aurait voulu passionnément *les écrire, Éluard met en œuvre le credo qui, littéralement et dans tous les sens, lui colle à la peau, à l'esprit et à l'âme :* je ne suis jamais heureux et fier que de ce que j'aime. *Ajoutant avec superbe :* Je ne m'aime pas, j'aime mes amours ; je ne les impose pas, mais je les défends.

Après une telle profession de foi, qui oblige autant qu'elle bouleverse, comment aborder son propre parcours d'écriture ? Comment réaliser une anthologie personnelle qui préserve la liberté, la vivacité, la fougue ou l'ardeur liées aux circonstances, voire les caprices de la subjectivité sans oublier un instant que le projet n'a pour seule légitimité que de s'adresser aux autres ? À l'évidence, l'exercice n'est pas simple ni de tout repos. On peut même suggérer, en jouant sur le mot, qu'il ne va pas de soi.

*Dans une formule célèbre, qu'il réservait à Flaubert, Sartre prétendait qu'*on entre dans un mort comme dans un moulin. *Un poète vivant peut-il user de pareille désinvolture avec la somme de ses livres ? Peut-il vagabonder à sa guise sans se perdre de vue ? Peut-il surtout se livrer sans infléchir ou redessiner les mouvements parfois contraires de son existence ?*

Pour Paul Éluard, le dilemme n'était aucunement anecdotique, et le florilège assemblé en 1941, puis augmenté par deux fois en 1946 et 1951, témoignait d'une tension singulière entre les facteurs d'unité et les éléments perturbateurs. Ainsi le poème d'ouverture n'est-il pas sélectionné au hasard : il date de mars 1914, et par là respecte la chronologie, mais il n'a été publié que huit ans plus tard dans Répétitions, *ce qui indique bien le souci d'une composition inédite, vouée d'emblée au thème majeur de l'amour, celui-ci célébré comme une fascination fatale, un espoir sans espoir, une défaite lumineuse, victorieuse cependant, une heureuse et cruelle nostalgie.*

Au loin, geint une belle qui voudrait lutter
Et qui ne peut, couchée au pied de la colline.
Et que le ciel soit misérable ou transparent
On ne peut la voir sans l'aimer.

Déjà une voix identifiable entre toutes, une voix qui restitue la charge des mystères enfouis, des désirs funambules, des stupeurs aimantées : une voix de rêveur éveillé. Et sans doute en cet instant précis de l'histoire des idées, des sciences et des arts, le rêveur éveillé est-il le seul qui vaille, le seul qui accueille les révélations convulsives ou fabuleuses de l'inconscient sans renoncer aux reprises d'équilibre de la conscience.

Avec Éluard, le va-et-vient de l'instinct et de l'intelligence, du pulsionnel et du raisonné, a quelque chose d'électrique, de soudain, de très naturel également. Il possède ce don de devin, dans lequel Rimbaud voyait toute la singularité du poète, mais de ce don il n'entend pas faire un privilège, c'est pourquoi il n'use que de la langue commune, la langue de tous. Ce qui ne l'empêche nullement de dévoiler comme personne la magie simple de mots par ailleurs sans prestige.

Ainsi il écrit, peu avant la fin de l'effroyable première guerre mondiale, grande dévoreuse de destins, un poème qui ne sera publié qu'à la veille de la guerre de 40, et qui, retrouvant désormais le temps de sa composition, marque la volonté constante de lutter pour vivre ici, *fût-ce en de tragiques instants, voire en désespoir de cause :*

Je fis un feu, l'azur m'ayant abandonné,
Un feu pour être son ami,
Un feu pour m'introduire dans la nuit d'hiver,
Un feu pour vivre mieux.

Et quelques mois plus tard, en juillet 1918 :

J'ai eu longtemps un visage inutile,
Mais maintenant

J'ai un visage pour être aimé
J'ai un visage pour être heureux.

Ce n'est pourtant pas un optimiste forcené qui parle. C'est un être de santé fragile, contraint dès l'adolescence à de longs séjours en sanatorium. Quelqu'un qui a conjugué plusieurs fièvres de signes opposés, qui s'est porté explicitement volontaire *— en amour, en poésie ou à la guerre — pour échapper aux immobilités forcées, aller au devant de tous les inconnus, de tous les risques, et s'exposer.*

Avec Gala, la jeune femme qui le subjugue, l'enchante ou le foudroie; avec ses poèmes qui brusquement le révèlent et lui offrent tant d'échappées et de vertiges; avec l'ordre qu'il a instamment réclamé de rejoindre la ligne de front, Éluard s'est en quelque sorte jeté tous les défis à la fois. Il s'agit là d'un choix existentiel auquel il ne dérogera jamais, refusant de séparer ce qui ontologiquement le constitue.

Sitôt démobilisé, sitôt « rendu à la vie civile » selon la formule consacrée, il se consacre justement au saccage des formules creuses qui, insidieusement, ont programmé les massacres. Il pressent une mobilisation qui va requérir d'autres armes, d'autres assauts, d'autres effractions. En fait, il lui suffit de se tenir au plus près de l'élan qui le porte et l'emporte, qui lui ouvre à toute volée un présent chaotique, convulsif, contradictoire; un présent à prendre à bras le corps néanmoins; un présent plein de rencontres, de révoltes, de trouvailles, d'expérimentations exaltées.

C'est pourquoi il peut faire sienne, et durablement mettre en œuvre, une injonction du Manifeste Dada *qu'il vient de découvrir, et qui exige de* rétablir la roue féconde d'un cirque universel dans les puissances réelles et la fantaisie de chaque individu. *Au sortir d'une hécatombe collective d'une ampleur jamais vue, le recours à la plus extrême* liberté libre *s'apparente à un réflexe de sauvegarde. Tous les territoires, ceux du champ social comme ceux, occultés, refoulés, dénoncés, de l'intime, sont à reconquérir, à recomposer à neuf, à déployer infiniment.*

Viens vite, cours. Et ton corps va plus vite que tes pensées, et rien, entends-tu ? rien, ne peut te dépasser.

Il y a de l'allégresse et de l'effroi dans les écrits de ces années-là. L'absurde y tient parfois table ouverte, les images multiplient percussions et courts-circuits, mais la perte de sens demeure occasionnelle, mais l'égarement ne se réfugie guère dans le délire verbal. Éluard, avec cette ductilité qui n'appartient qu'à lui, réussit à participer pleinement, sans réticence ni réserve, aux activités les plus radicales et paroxystiques du mouvement Dada, *tout en préservant ce qui l'identifie : un timbre, un tempo, une musique de mots qui ne forcent pas la note, qui ne disent pas le faux pour bafouer le vrai.*

Après avoir rivalisé rendu grâces et dilapidé le trésor
Plus d'une lèvre rouge avec un point rouge
Et plus d'une jambe blanche avec un pied blanc
Où nous croyons-nous donc ?

La question est moins naïve qu'il y paraît. Et la poser ainsi, dépourvue de toute emphase, est assez provocateur alors que l'époque ne capte partout qu'invectives et anathèmes. La fin de l'aventure dadaïste, qui ressemble à une tumultueuse sortie de néant, voit des amitiés, des compagnonnages voler en éclats. S'interroger sur la part d'illusion et de forfanterie de tout cela ne semble pas hors de propos, et si une telle apostrophe n'a pas d'écho immédiat, elle témoigne au moins d'une parole aux aguets qui refuse les faux-semblants et les effets de manche.

Sans jouer au théoricien ni au donneur de leçon, Éluard ne renonce jamais à ces sursauts de lucidité qui font irruption ici ou là et réorientent un verset ou une strophe. Il sait l'impact du hasard, la surprise qui secoue le vieil ordonnancement des pensées, des images et des choses. Il mesure combien les songes abritent une vivifiante, une insondable démesure. Mais si l'excès ne lui fait pas peur, il récuse l'outrance; si le blasphème peut le séduire, il n'est pas coutumier de l'outrage.

Aux côtés de Breton, d'Aragon, de Soupault, il mène tous les combats surréalistes. Il est l'un de ceux qui y participent avec la plus absolue sincérité. Changer la vie *et* transformer le monde *ne sont pas à ses yeux des slogans de papier qui sonnent haut et clair dans un manifeste, mais des incitations précises à s'affranchir des anciens carcans, tant dans la sphère des rapports sociaux, des modes de production et de répartition des richesses, que dans celle des mœurs et des mentalités.*

Le pari s'inspire à égalité de Rimbaud et de Marx, sans oublier les tentatives de Charles Fourier ni les enseignements de Sigmund Freud. Par tempérament, Éluard ne peut être que sensible à cette quête de l'harmonie universelle, pour soi et avec les autres, tout en n'ignorant pas que les moyens pour y parvenir sont souvent violents physiquement et psychiquement périlleux. Être révolutionnaire en tous domaines et simultanément, apparaît comme l'une des gageures constitutives du Surréalisme, certainement la plus exigeante, certainement celle qui avive le plus de contradictions et de troubles. L'enjeu en effet n'est pas théorique pour celui qui place sur un seul et même plan insurrectionnel l'action politique, la création artistique, les relations amoureuses, voire les pratiques sexuelles. Et c'est le cas d'Éluard qui là encore s'engage éperdument au point d'ailleurs d'entrer en perdition.

1924 est une année de commotion, de désespoir, d'impossibilité à penser et à rêver plus avant. Une année où, pour des raisons peut-être moins mystiques que celles de Thérèse d'Avila, il est terrible de survivre et de Mourir de ne pas mourir. *En choisissant ce titre pour un recueil qu'il annonce comme devant être le dernier, Éluard se croit à la veille de* tout effacer, *de s'en remettre au* lâchez-tout *qu'a superbement suggéré André Breton, sans personnellement suivre à la lettre sa flamboyante invite.*

*Éluard, lui, ne prévient personne et s'embarque à Marseille sur l'*Antinous *à destination de Tahiti. Pendant six mois, il erre dans le Pacifique, mémoire blanche, comme s'il se devait d'aborder au comble de la solitude. L'épreuve, qu'il ne détaillera pas et qui ne lui inspirera aucun texte, n'a pas abouti au suicide qu'il avait peut-être entrevu. Le retour, depuis Saigon, s'effectue en compagnie de Gala et de Max Ernst qui l'ont rejoint à sa demande. Apparemment, la parenthèse est close, mais pas le mal indécis qui l'avait enjoint d'écrire peu avant son départ :* Il fait un triste temps, il fait une nuit noire / À ne pas mettre un aveugle dehors.

À quoi succède un autre intitulé sombre — Capitale de la douleur — *qui transmue cependant l'art d'être malheureux en une fulgurante et ardente proclamation, comme si Éluard avait décidé de retrouver son bon génie poétique, et par là de relever le gant, de repartir coûte que coûte en laissant affleurer en lui et dans ses poèmes* les vastes, les singuliers, les brusques, les profonds, les splendides, les déchirants mouvements du cœur, *détectés et glorifiés alors par Breton.*

De l'aube bâillonnée un seul cri veut jaillir,
Un soleil tournoyant ruisselle sous l'écorce,
Il ira se fixer sur tes paupières closes.
Ô douce, quand tu dors, la nuit se mêle au jour.

Il n'y a plus à fuir. L'évasion ne réclame plus de lointains extérieurs. Pour les vingt-cinq ans qui lui restent à vivre, et quelles que soient les peines, les déchirements, les tragédies, Éluard ne remettra jamais en cause la souveraineté qu'il vient à nouveau de s'octroyer au nom de ce qui l'autorise à écrire : Je suis au cœur du temps et je cerne l'espace. *Au nom de la poésie.*

Tous les recueils qui désormais se succèdent participent d'une impulsion que les pires tourments ne parviendront pas à entraver ni à réduire. Un fil rouge ininterrompu, fluide incandescent, parcours qui ne récuse pas la grâce, relie les vers, les proses, les aphorismes, les entretiens improvisés. Sans négliger aucune détresse affective, aucun éblouissement charnel, aucune dispute idéologique, aucune infamie de l'Histoire, Éluard n'adapte pas son écriture, ne fausse pas sa voix.

Il capte et transmet, et l'intonation, les inflexions, la générosité accordée aux labiales et au chant des voyelles demeurent. Sa boussole garde invariablement l'amour au pôle magnétique, avec pour points cardinaux, la liberté, la loyauté, le refus de ce qui opprime et de ce qui avilit, la volonté d'agir.

En amour, il s'adresse à la femme aimée au présent, sans que disparaisse le souvenir des amours passées. La rencontre de Nusch en 1930, rencontre qu'il vit comme une fête, un festin de lumière et à bien des égards une seconde naissance, n'éteint pas la passion qui l'inféode encore à Gala pour quelques années. Certains poèmes disent l'une et l'autre, et d'autres Amoureuses *aussi.*

Elles ont les épaules hautes
Et l'air malin
Ou bien des mines qui déroutent
La confiance est dans la poitrine
À la hauteur où l'aube de leurs seins se lève
Pour dévêtir la nuit

Il n'y a pas une ombre d'hypocrisie chez Éluard. Ses sentiments, il ne les farde pas. Ses licences, il ne les réprime pas. Ses partis pris, il ne les assourdit pas. Sa traversée du Surréalisme jusqu'en 1939, en dépit d'innombrables polémiques, malentendus, exclusions et retrouvailles, apparaît étonnamment maîtrisée quand on considère l'apport essentiel qui fut le sien. Et il ne faudra rien moins que la montée du fascisme et l'approche de la seconde guerre mondiale pour qu'il abandonne un mouvement incapable à ses yeux de contrer, concrètement et par tous les moyens, l'essor d'une telle barbarie. En fait, il voit dans son adhésion en 1942 au parti communiste, alors illégal, le prolongement exact de ses engagements antérieurs.

Face à l'horreur et au meurtre légalisé, le poète n'a pas plus qu'un autre à se dérober. Si la poésie peut être une arme, c'est le moment d'en user. Éluard le sent et le sait, comme il sait quel piège peut saisir et dénaturer toute parole lancée dans la mêlée sous forme d'appel vengeur ou d'exhortation patriotique. En signant Poésie et vérité *au plus fort de l'Occupation, il prend à la fois ses risques d'homme et de créateur : il s'adresse à tous, réveille la rumeur commune qui de Villon à Verlaine hante la langue populaire, et parvient à offrir en partage un chant où tout en lui se reconnaît.*

L'immense écho de Liberté, *le poème-portail du recueil, l'oblige à passer dans la clandestinité. Ces vingt-et-un quatrains au refrain envoûtant, mais rythmés en vers impairs, transforme insensiblement la ritournelle en cheminement rebelle, comme si pour chaque lecteur ou chaque auditeur la colère faisait ses gammes, jusqu'au cri libérateur des trois syllabes finales. D'une franche efficacité, cette mécanique de précision réussit, par la seule vertu d'un phrasé transparent, à ne pas tourner au procédé.*

Avec Éluard la controverse autour des poèmes dits de circonstances n'est guère pertinente tant il évite ou métamorphose les stéréotypes. Seuls les hommages (dont un pompeux Joseph Staline*) et les textes frontalement militants se montrent laborieux. En général, même sur les thèmes mobilisateurs que l'époque impose, il trouve mieux qu'une parade rhétorique : il continue de surprendre, d'improviser au large, le regard aimanté.*

Je suis né derrière une façade affreuse
J'ai mangé j'ai ri j'ai rêvé j'ai eu honte
J'ai vécu comme une ombre
Et pourtant j'ai su chanter le soleil
Le soleil entier celui qui respire
Dans chaque poitrine et dans tous les yeux
La goutte de candeur qui luit après les larmes.

L'expérience, humaine et inhumaine, des années où il fallait bien que la poésie prît le maquis, *n'est pas de celle qui s'oublie. Et l'ancrage politique d'Éluard est sans flottement ni discussion possible : il se veut indéfectiblement communiste ; s'il a des états d'âme, il les tait.*

Mais son écriture, elle, retrouve ses accents élégiaques, son lyrisme évanescent et sensuel. Dans Lingères légères, Le Dur Désir de durer, Une longue réflexion amoureuse *comme dans* Poésie ininterrompue, *le poète désormais invité dans toute l'Europe, et partout honoré, privilégie son parler d'amant, de sourcier, de solitaire ébloui.*

Rien ne peut déranger l'ordre de la lumière
Où je ne suis que moi-même
Et ce que j'aime

La mort brutale de Nusch, le 28 novembre 1946, le laisse au bord de la folie, hébété, privé de tout ce qui donnait sens aux paroles, aux actes, aux secrets de sa vie. Dans Le Temps déborde *qu'il publie sept mois plus tard, il livre quelques-uns des plus déchirants poèmes jamais composés en langue française, et cet unique alexandrin qui n'en finit pas de sonner le glas :* Mon amour si léger prend le poids d'un supplice.

Éluard entreprend, sans trop savoir comment, une sorte de traversée du néant. Des amis l'escortent, le protègent du haut-mal qui ne peut être aboli, seulement rendu au cours naturel qui veut qu'il y ait de l'air, de la douceur, de la tendresse de ce côté-ci du destin. Et quand il rencontre fortuitement Dominique à Mexico, c'est la puissance de l'amour, de l'insondable, perpétuel, infracassable amour, qui devient l'ultime recours, l'ultime prodige.

Ce n'est pas que tout recommence. Tout se réinvente et bâtit un chemin qui n'a rien à renier. Éluard ne congédie aucun des jours anciens quand il note, recru de chagrins et de deuils : J'adorais l'amour comme à mes premiers jours. *À près de cinquante-cinq ans, un tel aveu semble talismanique ; non qu'une fée le sauve à nouveau du malheur, car c'est en lui que la chance a élu domicile. La chance envers et contre tout. La chance énigmatique qu'aucun désastre ne peut ruiner.*

Tu es venue la solitude était vaincue
J'avais un guide sur la terre je savais
Me diriger je me savais démesuré
J'avançais je gagnais de l'espace et du temps

Aimer, avancer, gagner de l'espace et du temps, tous les poèmes rassemblés dans cette anthologie par l'auteur de Tout dire *et de* Donner à voir *témoignent bien de perspectives sans limite constamment ressuscitées. En cela le plaisir est toujours devant eux qui sont toujours partants pour dévêtir la nuit.*

*À les relire aujourd'hui, on ne s'étonne même plus tant il y aurait à s'étonner de tant de strophes comme tombées d'un autre azur, d'un autre présent, d'un autre avenir, avec leur évidence d'*explosante-fixe, *leur pouvoir qui a fait du foudroiement une variante de l'affection.*

C'est qu'avec Paul Éluard, le poème se découvre dans un mouvement pareil à celui de la mer dévoilant une plage, mais l'opération, et ce devrait être insensé, s'effectue à marée haute. Le flux submerge tandis qu'il se retire, et les étoiles qui scintillent sur le sable gardent un goût de ciel clair et de sel. L'obscur y est limpide. Le désespoir porte une rose entre les dents. La femme, et avec elle toutes les femmes, habite poétiquement le monde. Les mots font corps des deux côtés du miroir. Tout est à cœur ouvert, et c'est une blessure qui neige, fleurit ou regagne le soleil.

ANDRÉ VELTER

POÈMES

(1914)

POÈMES

Le cœur sur l'arbre vous n'aviez qu'à le cueillir,
Sourire et rire, rire et douceur d'outre-sens.
Vaincu, vainqueur et lumineux, pur comme un ange,
Haut vers le ciel, avec les arbres.

Au loin, geint une belle qui voudrait lutter
Et qui ne peut, couchée au pied de la colline.
Et que le ciel soit misérable ou transparent
On ne peut la voir sans l'aimer.

Les jours comme des doigts repliant leurs phalanges.
Les fleurs sont desséchées, les graines sont perdues,
La canicule attend les grandes gelées blanches.

À l'œil du pauvre mort. Peindre des porcelaines.
Une musique, bras blancs tout nus.
Les vents et les oiseaux s'unissent — le ciel change.

LE DEVOIR
ET L'INQUIÉTUDE

(1917)

à Fernand Fontaine, classe 1916, tué le 20 juin 1915

Il y a tant de choses,
Il faudrait faire attention !
Vous êtes bien blâmables !
Les sauvages disaient cela.
Tu ne leur pardonnais pas
Quand nous étions ensemble.

La ville se dénoue un soir...
Tu vas jouer du violon.
À la Bastille on se sépare :
« Penseras-tu à tes devoirs ? »
L'Indépendance est aux garçons.
Nous la cherchions
Quand nous étions ensemble.

Toute la terre, l'homme souffre
Et ton sang déchire le sol !...
Ils t'ont laissé au bord d'un gouffre !

Maintenant, ils sont bien seuls.

FIDÈLE

Vivant dans un village calme
D'où la route part longue et dure
Pour un lieu de sang et de larmes
Nous sommes purs.

Les nuits sont chaudes et tranquilles
Et nous gardons aux amoureuses
Cette fidélité précieuse
Entre toutes : l'espoir de vivre.

PLAISIR

La mer qui a tous les bateaux
N'est pas plus grande que l'endroit
Où dansaient, au son d'un roseau,
Les hommes d'un pays moins froid
Que celui-ci, pays de boue et d'eau.

La place nous semblait si grande,
Nous avions tant besoin d'être serrés
Que sans certains — qu'on les défende ! —
Les danseurs étaient écrasés
Et nous prenions chaud autour d'eux,
Tout auprès d'eux.

C'est la guerre ! Rien n'est plus dur que la guerre l'hiver !

Je suis très sale (chez nous on ne marche pas sur le trottoir, ni dans la rue) mais quelle joie de venir ici se prélasser !

La ville est toujours ardente. Au cinéma, les gosses sifflent *La Dame aux Camélias.*

Et nous, nous demandons déjà à ceux qui traversent la ville pour aller ailleurs s'ils cherchent des diamants avec une charrue.

POUR VIVRE ICI

(1918)

POUR VIVRE ICI

Je fis un feu, l'azur m'ayant abandonné,
Un feu pour être son ami,
Un feu pour m'introduire dans la nuit d'hiver,
Un feu pour vivre mieux.

Je lui donnai ce que le jour m'avait donné :
Les forêts, les buissons, les champs de blé, les vignes,
Les nids et leurs oiseaux, les maisons et leurs clés,
Les insectes, les fleurs, les fourrures, les fêtes.

Je vécus au seul bruit des flammes crépitantes,
Au seul parfum de leur chaleur ;
J'étais comme un bateau coulant dans l'eau fermée,
Comme un mort je n'avais qu'un unique élément.

POÈMES POUR LA PAIX

(Juillet 1918)

Toutes les femmes heureuses ont
Retrouvé leur mari — il revient du soleil
Tant il apporte de chaleur.
Il rit et dit bonjour tout doucement
Avant d'embrasser sa merveille.

*

Splendide, la poitrine cambrée légèrement
Sainte ma femme, tu es à moi bien mieux qu'au temps
Ou avec lui, et lui, et lui, et lui, et lui,
Je tenais un fusil, un bidon — notre vie !

*

J'ai eu longtemps un visage inutile,
Mais maintenant
J'ai un visage pour être aimé
J'ai un visage pour être heureux.

*

Je rêve de toutes les belles
Qui se promènent dans la nuit,
Très calmes.
Avec la lune qui voyage.

*

Toute la fleur des fruits éclaire mon jardin,
Les arbres de beauté et les arbres fruitiers
Et je travaille et je suis seul en mon jardin,
Et le Soleil brûle en feu sombre sur mes mains.

LES ANIMAUX
ET LEURS HOMMES
LES HOMMES
ET LEURS ANIMAUX

(1920)

VACHE

On ne mène pas la vache
À la verdure rase et sèche,
À la verdure sans caresses.

L'herbe qui la reçoit
Doit être douce comme un fil de soie,
Un fil de soie doux comme un fil de lait.

Mère ignorée,
Pour les enfants ce n'est pas le déjeuner,
Mais le lait sur l'herbe.

L'herbe devant la vache,
L'enfant devant le lait.

POISSON

Les poissons, les nageurs, les bateaux
Transforment l'eau.
L'eau est douce et ne bouge
Que pour ce qui la touche.

Le poisson avance
Comme un doigt dans un gant,
Le nageur danse lentement
Et la voile respire.

Mais l'eau douce bouge
Pour ce qui la touche,
Pour le poisson, pour le nageur, pour le bateau
Qu'elle porte
Et qu'elle emporte.

MODÈLE

Les filets des arbres ont pris beaucoup d'oiseaux
Natures,
Les pattes des oiseaux ont pris les branches sûres
À leurs os.

CONDUIRE

La rue est bientôt là,
À la rue le cheval.

Plus beau que le corbeau
Il lui faut un chemin.

Fine jambe, léger héros
Qui suit son maître vers le repos.

La rue est bientôt là :
On y court, on y marche, on y trotte,
On s'y arrête.

MOUILLÉ

La pierre rebondit sur l'eau,
La fumée n'y pénètre pas.
L'eau, telle une peau
Que nul ne peut blesser
Est caressée
Par l'homme et par le poisson.

Claquant comme corde d'arc,
Le poisson, quand l'homme l'attrape,
Meurt, ne pouvant avaler
Cette planète d'air et de lumière.

Et l'homme sombre au fond des eaux
Pour le poisson
Ou pour la solitude amère
De l'eau souple et toujours close.

PATTE

Le chat s'établit dans la nuit pour crier,
Dans l'air libre, dans la nuit, le chat crie.
Et, triste, à hauteur d'homme, l'homme entend son cri.

LES NÉCESSITÉS DE LA VIE ET LES CONSÉQUENCES DES RÊVES *précédé d'*EXEMPLES

(1921)

EXEMPLES

QUATRE GOSSES

Le gourmand dépouillé,
Gonflant ses joues,
Avalant une fleur,
Odorante peau intérieure.
Enfant sage,
Sifflet,
Bouche forcément rose,
Bouche légère sous la tête lourde,
Un à dix, dix à un.
L'orphelin,
Le sein qui le nourrit enveloppé de noir
Ne le lavera pas.
Sale
Comme une forêt de nuit d'hiver.
Mort,
Les belles dents, mais les beaux yeux immobiles,
Fixes.
Quelle mouche de sa vie
Est la mère des mouches de sa mort?

PROMENEURS

Entourée,
La mère, toujours la même,
La plus utile,
L'habitante, la belle,
L'inévitable mère
Et le manteau de tous.
Les nuages, leur contraire
À terre,
Masses lourdes, masses légères.

La famille mouillée
Malgré les arbres mouillés
Au bord de l'eau.
Les bois ont leur lumière.
Ombre des douces,
Importance.
La forêt au-dedans
Et le ciel au-dehors, la lumière
À terre.

LE CŒUR

Le cœur à ce qu'elle chante,
Elle fait fondre la neige,
La nourrice des oiseaux.

MODÈLE

Tant de lumières,
Tant de mains et tant de visages,
Tous ces jours parmi ces nuits,
Comme le ciel parmi les ailes
Des oiseaux !
Destinée.
L'homme, le seul, a tout trouvé.
Entrée.
Des horizons en scène.
Coulée.
Chute de la lumière sur un dôme éteint,
Un désert,
Une étoile de jour pour quelques jours seulement.

BEAU

Beau avec bonheur,
Laid avec malheur,
Visible pour les aveugles.

MUSICIENS

Intelligence naïve
Au son des instruments
À musique,

À musique de lèvre nue,
Au bout de la terre connue
Et à l'autre bout

La tête perdue,
Les fines mains d'ici.

IMBÉCILE HABITANT

Visage hors saison,
Visage, vitre et pierre,
Les murs de la maison me ressemblent comme un masque,
Ils sont fixés à ma chair.

Le soleil développe
Jeune femme et du mur
De peinture immobile
Sortent des pierres.

Sur les pierres, de gauche à droite,
Un enfant est assis à côté d'un vieillard,
Un visage.

Au loin,
Ma mère
Danse comme une poussière.

AH !

Ah ! Mille flammes, un feu, la lumière,
Une ombre !...
Le soleil me suit.

SÉDUIRE

L'adoration des regards
Séduit les yeux qui voient mal ce qu'ils voient.
Rougissante,
Les yeux auront du plaisir sur ses joues
Et qu'ils en prennent pour toujours.

Qui la voit vierge et la sait vierge,
Vierge en satin,
Connaît aussi, sous ses paupières couronnées,
La joie veilleuse.

Car la honte, toujours avoir honte,
Non,
Mais ouvrir une maison
Et montrer son bon visage,
Celui-là.

TOUT SÉDUIT

Acrobate des plates,
Amoureux des filles à l'étroit,

Il jette sa main et son bras sur toi,
Bas,
Légère à prendre
Mais lourde à garder.

UNE

Une tristesse de mauvais temps, les ébats bondissants de la fumée et du vent, un ciel gris prêt à la pluie, on dit que la musique perd le sentiment.

Cette douce,
Cette belle,
Assise de couleurs.
Tranquille
Et, surveillant le ciel,
Négligeant la chaleur.

LES NÉCESSITÉS DE LA VIE ET LES CONSÉQUENCES DES RÊVES

VRAI

Huit heures, place du Châtelet, dans ce café où les chaises ne sont pas encore rangées, où la vaisselle opaque s'étale dans tous les coins.

Je ne saurai jamais si je dors bien. Plus la pluie est fine, plus le monde est loin. Et il faudrait attendre, il faudrait descendre pour retrouver le soir sec, pour retrouver cent lumières au moins aux voitures fortes et justes, aux cloches des champs et, ni dans l'air, ni dans l'eau, tous les gracieux sillages des bonnes santés obscures. À la bonne heure, on n'abuse pas de la vie ici !

LES FLEURS

J'ai quinze ans, je me prends par la main. Conviction d'être jeune avec les avantages d'être très caressant.

Je n'ai pas quinze ans. Du temps passé, un incomparable silence est né. Je rêve de ce beau, de ce joli monde de perles et d'herbes volées.

Je suis dans tous mes états. Ne me prenez pas, laissez-moi.

*

Mes yeux et la fatigue doivent avoir la couleur de mes mains. Quelle grimace au soleil, mère Confiance, pour n'obtenir que la pluie.

Je t'assure qu'il y a aussi clair que cette histoire d'amour : si je meurs, je ne te connais plus.

DÉFINITIONS

Un homme vivant monté sur un cheval vivant rencontre une femme vivante tenant en laisse un chien vivant.

*

Une robe noire ou une robe blanche ? Des grands souliers ou des petits ?

*

Regarde. Là, en face, celui qui travaille gagne de l'argent.

J'ai lu que « vieux malade honteux », que « fortune coquette à Paris » et que « cet éventail de belles arêtes ».

*

Flamme éteinte, ta vieillesse c'est fumée éteinte.

*

Je n'aime pas la musique, tout ce piano me prend tout ce que j'aime.

QUELQUES POÈTES SONT SORTIS

à Philippe Soupault

Comme autrefois, d'une carrière abandonnée, comme un homme triste, le brouillard, sensible et têtu comme un homme fort et triste, tombe dans la rue, épargne les maisons et nargue les rencontres.

Dix, cent, mille crient pour un ou plusieurs chanteurs silencieux. Chant de l'arbre et de l'oiseau, la joie fable, le soutien.

Une émotion naît, légère comme le poil. Le brouillard donne sa place au soleil et qui l'admire ? dépouillé comme un arbre de toutes ses feuilles, de toute son ombre ? Ô souvenir ! Ceux qui criaient.

LE GRAND JOUR

à Gala

Viens, monte. Bientôt les plumes les plus légères, scaphandrier de l'air, te tiendront par le cou.

La terre ne porte que le nécessaire et tes oiseaux de belle espèce, sourire Aux lieux de ta tristesse, comme une ombre derrière l'amour, le paysage couvre tout.

Viens vite, cours. Et ton corps va plus vite que tes pensées, et rien, entends-tu ? rien, ne peut te dépasser.

BAIGNEUSE DU CLAIR AU SOMBRE

à Julien Vocance

L'après-midi du même jour. Légère, tu bouges et, légers, le sable et la mer bougent.

Nous admirons l'ordre des choses, l'ordre des pierres, l'ordre des clartés, l'ordre des heures. Mais cette ombre qui disparaît et cet élément douloureux, qui disparaît.

Le soir, la noblesse fait partie de ce ciel. Ici, tout se blottit dans un feu qui s'éteint.

Le soir. La mer n'a plus de lumières et, comme aux temps anciens, tu pourrais dormir dans la mer.

CACHÉE

Le jardinage est la passion, belle bête de jardinier. Sous les branches, sa tête semblait couverte de pattes légères d'oiseaux. À un fils qui voit dans les arbres.

L'ARGYL'ARDEUR

Le temps ne passe pas. Il n'y a pas : longtemps, le temps ne passe plus. Et tous les lions que je représente sont vivants, légers et immobiles.

Martyr, je vis à la façon des agneaux égorgés.

Ils sont entrés par les quatre fenêtres de la croix. Ce qu'ils voient, ce n'est pas la raison d'être du jour.

MONTRE AVEC DÉCORS

I

Juges dont l'œil dix-doigts accuse,
Dans la lumière en bonne santé
Un arbre où il y a des fruits à l'endroit et des voleurs à l'envers.
À son âge.
Une tache s'ouvre à l'imagination.
Quel crime a commis sa mère ?

II

Puis les pinceaux peignent une prison sur son corps, sur son cœur.
Une grille bien transparente.
Il est soudain aussi fleuri qu'une poupée déshabillée.
ÉVASION POUR DÉPLAIRE.

III

Biais d'abord, comme à la nage.
Il se partage la rue,
Mais les maisons n'ont plus ni portes ni fenêtres,
Les habitants s'ennuient
Et COMIQUE s'inscrit sur le pain et la viande.

IV

Le moteur joue et perd des secondes.
Piste noire, joues rouges,
Les promeneurs peuvent user les promenades.
Long rail dans la nuit rouler,
Le domaine est ici.
Ce n'est pas du domaine de l'évasion :
« J'AI TRAVERSÉ LA VIE D'UN SEUL COUP. »

RÉPÉTITIONS

(1922)

MAX ERNEST

Dans un coin l'inceste agile
Tourne autour de la virginité d'une petite robe
Dans un coin le ciel délivré
Aux épines de l'orage laisse des boules blanches.

Dans un coin plus clair de tous les yeux
On attend les poissons d'angoisse.
Dans un coin la voiture de verdure de l'été
Immobile glorieuse et pour toujours.

À la lueur de la jeunesse
Des lampes allumées très tard
La première montre ses seins que tuent des insectes rouges.

MANIE

Après des années de sagesse
Pendant lesquelles le monde était aussi transparent qu'une aiguille
Roucouler s'agit-il d'autre chose ?
Après avoir rivalisé rendu grâces et dilapidé le trésor
Plus d'une lèvre rouge avec un point rouge
Et plus d'une jambe blanche avec un pied blanc
Où nous croyons-nous donc ?

SUITE

Dormir la lune dans un œil et le soleil dans l'autre
Un amour dans la bouche un bel oiseau dans les cheveux
Parée comme les champs les bois les routes et la mer
Belle et parée comme le tour du monde.

Fuis à travers le paysage
Parmi les branches de fumée et tous les fruits du vent
Jambes de pierre aux bas de sable
Prise à la taille à tous les muscles de rivière
Et le dernier souci sur un visage transformé.

LA PAROLE

J'ai la beauté facile et c'est heureux.
Je glisse sur le toit des vents

Je glisse sur le toit des mers
Je suis devenue sentimentale
Je ne connais plus le conducteur
Je ne bouge plus soie sur les glaces
Je suis malade fleurs et cailloux
J'aime le plus chinois aux nues
J'aime la plus nue aux écarts d'oiseau
Je suis vieille mais ici je suis belle
Et l'ombre qui descend des fenêtres profondes
Épargne chaque soir le cœur noir de mes yeux.

NUL

Il pose un oiseau sur la table et ferme les volets.
Il se coiffe, ses cheveux dans ses mains sont plus doux qu'un oiseau.

*

Elle dit l'avenir. Et je suis chargé de le vérifier.

*

Le cœur meurtri, l'âme endolorie, les mains brisées, les cheveux blancs, les prisonniers, l'eau tout entière est sur moi comme une plaie à nu.

LESQUELS ?

Pendant qu'il est facile
Et pendant qu'elle est gaie
Allons nous habiller et nous déshabiller

RUBANS

L'alarme matérielle où, sans excuse, apparaît la douleur future.

C'est bien : presque insensible. C'est un signe de plus de dignité.

Aucun étonnement, une femme ou un gracieux enfant de toile fine et de paille, idées de grandeur,

Leurs yeux se sont levés plus tôt que le soleil.

*

Les sacrifiés font un geste qui ne dit rien parmi la dentelle de tous les autres gestes, imaginaires, à cinq ou six, vers le lieu de repos où il n'y a personne.

Constaté qu'ils se sont réfugiés dans les branches nues d'une politesse désespérée, d'une couronne taillée à coups de vent.

Prendre, cordes de la vie. Pouviez-vous prendre plus de libertés ?

*

De petits instruments,

Et les mains qui pétrissent un ballon pour le faire

éclater, pour que le sang de l'homme lui jaillisse au visage.

Et les ailes qui sont attachées comme la terre et la mer.

CE N'EST PAS LA POÉSIE QUI...

Avec des yeux pareils
Que tout est semblable.
École de nu.
Tranquillement
Dans un visage délié
Nous avons pris des garanties
Un coup de main aux cheveux rapides.
La bouche de voluptueux inférieur joue et tombe
Et nous lançons le menton qui tourne comme une toupie.

MOURIR DE NE PAS MOURIR

(1924)

L'ÉGALITÉ DES SEXES

Tes yeux sont revenus d'un pays arbitraire
Où nul n'a jamais su ce que c'est qu'un regard
Ni connu la beauté des yeux, beauté des pierres,
Celle des gouttes d'eau, des perles en placards,

Des pierres nues et sans squelette, ô ma statue,
Le soleil aveuglant te tient lieu de miroir
Et s'il semble obéir aux puissances du soir
C'est que ta tête est close, ô statue abattue

Par mon amour et par mes ruses de sauvage.
Mon désir immobile est ton dernier soutien
Et je t'emporte sans bataille, ô mon image,
Rompue à ma faiblesse et prise dans mes liens.

AU CŒUR DE MON AMOUR

Un bel oiseau me montre la lumière
Elle est dans ses yeux, bien en vue,

Il chante sur une boule de gui
Au milieu du soleil.

*

Les yeux des animaux chanteurs
Et leurs chants de colère ou d'ennui
M'ont interdit de sortir de ce lit.
J'y passerai ma vie.

L'aube dans des pays sans grâce
Prend l'apparence de l'oubli.
Et qu'une femme émue s'endorme, à l'aube,
La tête la première, sa chute l'illumine.

Constellations,
Vous connaissez la forme de sa tête.
Ici, tout s'obscurcit :
Le paysage se complète, sang aux joues,
Les masses diminuent et coulent dans mon cœur
Avec le sommeil
Et qui donc veut me prendre le cœur ?

Je n'ai jamais rêvé d'une si belle nuit.
Les femmes du jardin cherchent à m'embrasser —
Soutiens du ciel, les arbres immobiles
Embrassent bien l'ombre qui les soutient.

Une femme au cœur pâle
Met la nuit dans ses habits.
L'amour a découvert la nuit
Sur ses seins impalpables.

Comment prendre plaisir à tout ?
Plutôt tout effacer.
L'homme de tous les mouvements,
De tous les sacrifices et de toutes les conquêtes

Dort. Il dort, il dort, il dort.
Il raye de ses soupirs la nuit minuscule, invisible.

Il n'a ni froid, ni chaud.
Son prisonnier s'est évadé — pour dormir.
Il n'est pas mort, il dort.

Quand il s'est endormi
Tout l'étonnait,
Il jouait avec ardeur,
Il regardait,
Il entendait.
Sa dernière parole :
« Si c'était à recommencer, je te rencontrerais sans te chercher. »

Il dort, il dort, il dort.
L'aube a eu beau lever la tête,
Il dort.

L'AMOUREUSE

Elle est debout sur mes paupières
Et ses cheveux sont dans les miens,
Elle a la forme de mes mains,
Elle a la couleur de mes yeux,
Elle s'engloutit dans mon ombre
Comme une pierre sur le ciel.

Elle a toujours les yeux ouverts
Et ne me laisse pas dormir.
Ses rêves en pleine lumière
Font s'évaporer les soleils,
Me font rire, pleurer et rire,
Parler sans avoir rien à dire.

GIORGIO DE CHIRICO

Un mur dénonce un autre mur
Et l'ombre me défend de mon ombre peureuse.
Ô tour de mon amour autour de mon amour.
Tous les murs filaient blanc autour de mon silence.

Toi, que défendais-tu ? Ciel insensible et pur
Tremblant tu m'abritais. La lumière en relief
Sur le ciel qui n'est plus le miroir du soleil,
Les étoiles de jour parmi les feuilles vertes,

Le souvenir de ceux qui parlaient sans savoir,
Maîtres de ma faiblesse et je suis à leur place
Avec des yeux d'amour et des mains trop fidèles
Pour dépeupler un monde dont je suis absent.

DENISE DISAIT AUX MERVEILLES

Le soir traînait des hirondelles. Les hiboux
Partageaient le soleil et pesaient sur la terre
Comme les pas jamais lassés d'un solitaire
Plus pâle que nature et dormant tout debout.

Le soir traînait des armes blanches sur nos têtes.
Le courage brûlait les femmes parmi nous.
Elles pleuraient, elles criaient comme des bêtes,
Les hommes inquiets s'étaient mis à genoux.

Le soir, un rien, une hirondelle qui dépasse,
Très peu de vent, les feuilles qui ne tombent plus,

Un beau détail, un sortilège sans vertus
Pour un regard qui n'a jamais compris l'espace.

SANS RANCUNE

Larmes des yeux, les malheurs des malheureux,
Malheurs sans intérêt et larmes sans couleurs.
Il ne demande rien, il n'est pas insensible,
Il est triste en prison et triste s'il est libre.

Il fait un triste temps, il fait une nuit noire
À ne pas mettre un aveugle dehors. Les forts
Sont assis, les faibles tiennent le pouvoir
Et le roi est debout près de la reine assise.

Sourires et soupirs, des injures pourrissent
Dans la bouche des muets et dans les yeux des lâches.
Ne prenez rien : ceci brûle, cela flambe !
Vos mains sont faites pour vos poches et vos fronts.

*

Une ombre...
Toute l'infortune du monde
Et mon amour dessus
Comme une bête nue.

NUDITÉ DE LA VÉRITÉ

Je le sais bien.

Le désespoir n'a pas d'ailes,
L'amour non plus,

Pas de visage,
Ne parlent pas,
Je ne bouge pas,
Je ne les regarde pas,
Je ne leur parle pas
Mais je suis bien aussi vivant que mon amour et que mon désespoir.

*

Pourquoi suis-je si belle ?
Parce que mon maître me lave.

*

Le monstre de la fuite hume même les plumes
De cet oiseau roussi par le feu du fusil.
Sa plainte vibre tout le long d'un mur de larmes
Et les ciseaux des yeux coupent la mélodie
Qui bourgeonnait déjà dans le cœur du chasseur.

*

Sur ce ciel délabré, sur ces vitres d'eau douce,
Quel visage viendra, coquillage sonore,
Annoncer que la nuit de l'amour touche au jour,
Bouche ouverte liée à la bouche fermée.

*

Inconnue, elle était ma forme préférée,
Celle qui m'enlevait le souci d'être un homme,
Et je la vois et je la perds et je subis
Ma douleur, comme un peu de soleil dans l'eau froide.

CAPITALE DE LA DOULEUR

(1926)

ABSENCES

I

La plate volupté et le pauvre mystère
Que de n'être pas vu.

Je vous connais, couleur des arbres et des villes,
Entre nous est la transparence de coutume
Entre les regards éclatants.
Elle roule sur pierres
Comme l'eau se dandine.
D'un côté de mon cœur des vierges s'obscurcissent,
De l'autre la main douce est au flanc des collines.
La courbe de peu d'eau provoque cette chute,
Ce mélange de miroirs.
Lumières de précision, je ne cligne pas des yeux,
Je ne bouge pas,
Je parle
Et quand je dors
Ma gorge est une bague à l'enseigne de tulle.

II

Je sors au bras des ombres,
Je suis au bas des ombres,
Seul.

La pitié est plus haut et peut bien y rester,
La vertu se fait l'aumône de ses seins
Et la grâce s'est prise dans les filets de ses paupières.
Elle est plus belle que les figures des gradins,
Elle est plus dure,
Elle est en bas avec les pierres et les ombres.
Je l'ai rejointe.

C'est ici que la clarté livre sa dernière bataille.
Si je m'endors, c'est pour ne plus rêver.
Quelles seront alors les armes de mon triomphe ?
Dans mes yeux grands ouverts le soleil fait les joints,
Ô jardin de mes yeux !
Tous les fruits sont ici pour figurer des fleurs,
Des fleurs dans la nuit.
Une fenêtre de feuillage
S'ouvre soudain dans son visage.
Où poserai-je mes lèvres, nature sans rivage ?

Une femme est plus belle que le monde où je vis
Et je ferme les yeux.
Je sors au bras des ombres,
Je suis au bas des ombres,
Et des ombres m'attendent.

PREMIÈRE DU MONDE

à Pablo Picasso

Captive de la plaine, agonisante folle,
La lumière sur toi se cache, vois le ciel :
Il a fermé les yeux pour s'en prendre à ton rêve,
Il a fermé ta robe pour briser tes chaînes.

Devant les roues toutes nouées
Un éventail rit aux éclats.
Dans les traîtres filets de l'herbe
Les routes perdent leur reflet.

Ne peux-tu donc prendre les vagues
Dont les barques sont les amandes
Dans ta paume chaude et câline
Ou dans les boucles de ta tête ?

Ne peux-tu prendre les étoiles ?
Écartelée tu leur ressembles,
Dans leur nid de feu tu demeures
Et ton éclat s'en multiplie.

De l'aube bâillonnée un seul cri veut jaillir,
Un soleil tournoyant ruisselle sous l'écorce,
Il ira se fixer sur tes paupières closes.
Ô douce, quand tu dors, la nuit se mêle au jour.

À LA FLAMME DES FOUETS

Métal qui nuit, métal de jour, étoile au nid,
Pointe à frayeur, fruit en guenilles, amour rapace,

Porte-couteau, souillure vaine, lampe inondée,
Souhaits d'amour, fruits de dégoût, glaces prostituées.

Bien sûr, bonjour à mon visage !
La lumière y sonne plus clair un grand désir qu'un
paysage
Bien sûr, bonjour à vos harpons,
À vos cris, à vos bonds, à votre ventre qui se cache !

J'ai perdu, j'ai gagné, voyez sur quoi je suis monté.

LES GERTRUDE HOFFMANN GIRLS

Gertrude, Dorothy, Mary, Claire, Alberta,
Charlotte, Dorothy, Ruth, Catherine, Emma,
Louise, Margaret, Ferral, Harriet, Sara,
Florence toute nue, Margaret, Toots, Thelma,

Belles-de-nuit, belles-de-feu, belles-de-pluie,
Le cœur tremblant, les mains cachées, les yeux au vent,
Vous me montrez les mouvements de la lumière,
Vous échangez un regard clair pour un printemps,

Le tour de votre taille pour un tour de fleur,
L'audace et le danger pour votre chair sans ombre,
Vous échangez l'amour pour des frissons d'épées,
Des rires inconscients pour des promesses d'aube.

Vos danses sont le gouffre effrayant de mes songes
Et je tombe et ma chute éternise ma vie,
L'espace sous vos pieds est de plus en plus vaste,
Merveilles, vous dansez sur les sources du ciel.

LEURS YEUX TOUJOURS PURS

Jours de lenteur, jours de pluie,
Jours de miroirs brisés et d'aiguilles perdues,
Jours de paupières closes à l'horizon des mers,
D'heures toutes semblables, jours de captivité,

Mon esprit qui brillait encore sur les feuilles
Et les fleurs, mon esprit est nu comme l'amour,
L'aurore qu'il oublie lui fait baisser la tête
Et contempler son corps obéissant et vain.

Pourtant, j'ai vu les plus beaux yeux du monde,
Dieux d'argent qui tenaient des saphirs dans leurs mains,
De véritables dieux, des oiseaux dans la terre
Et dans l'eau, je les ai vus.

Leurs ailes sont les miennes, rien n'existe
Que leur vol qui secoue ma misère,
Leur vol d'étoile et de lumière,
Fleuve, plaine, rocher, leur vol,
Les flots clairs de leurs ailes,

Ma pensée soutenue par la vie et la mort.

AU HASARD

Au hasard une épopée, mais bien finie maintenant.
Tous les actes sont prisonniers

D'esclaves à barbe d'ancêtre
Et les paroles coutumières
Ne valent que dans leur mémoire.

Au hasard tout ce qui brûle, tout ce qui ronge,
Tout ce qui use, tout ce qui mord, tout ce qui tue,
Mais ce qui brille tous les jours
C'est l'accord de l'homme et de l'or,
C'est un regard lié à la terre.

Au hasard une délivrance,
Au hasard l'étoile filante
Et l'éternel ciel de ma tête
S'ouvre plus large à son soleil,
À l'éternité du hasard.

*

Ta chevelure d'oranges dans le vide du monde,
Dans le vide des vitres lourdes de silence
Et d'ombre où mes mains nues cherchent tous tes reflets,
La forme de ton cœur est chimérique
Et ton amour ressemble à mon désir perdu.
Ô soupirs d'ambre, rêves, regards.

Mais tu n'as pas toujours été avec moi. Ma mémoire
Est encore obscurcie de t'avoir vue venir
Et partir. Le temps se sert de mots comme l'amour

*

Elle est — mais elle n'est qu'à minuit, quand tous les oiseaux blancs ont refermé leurs ailes sur l'ignorance des ténèbres, quand la sœur des myriades de perles a caché ses deux mains dans sa chevelure morte, quand le triomphateur se plaît à sangloter, las de ses dévotions à la curiosité, mâle et brillante armure de luxure. Elle est si douce qu'elle a transformé mon cœur. J'avais peur des grandes ombres qui tissent les tapis du jeu et les toilettes, j'avais peur des contorsions du soleil le soir, des incassables branches qui purifient les fenêtres de tous les confessionnaux où des femmes endormies nous attendent.

Ô buste de mémoire, erreur de forme, lignes absentes, flamme éteinte dans mes yeux clos, je suis devant ta grâce comme un enfant dans l'eau, comme un bouquet dans un grand bois. Nocturne, l'univers se meut dans ta chaleur et les villes d'hier ont des gestes de rue plus délicats que l'aubépine, plus saisissants que l'heure. La terre au loin se brise en sourires immobiles, le ciel enveloppe la vie : un nouvel astre de l'amour se lève de partout — fini, il n'y a plus de preuves de la nuit.

*

Ta bouche aux lèvres d'or n'est pas en moi pour rire
Et tes mots d'auréole ont un sens si parfait
Que dans mes nuits d'années, de jeunesse et de mort
J'entends vibrer ta voix dans tous les bruits du monde.

Dans cette aube de soie où végète le froid
La luxure en péril regrette le sommeil,
Dans les mains du soleil tous les corps qui s'éveillent
Grelottent à l'idée de retrouver leur cœur.

Souvenirs de bois vert, brouillard où je m'enfonce,
J'ai refermé les yeux sur moi, je suis à toi,
Toute ma vie t'écoute et je ne peux détruire
Les terribles loisirs que ton amour me crée.

*

La courbe de tes yeux fait le tour de mon cœur,
Un rond de danse et de douceur,
Auréole du temps, berceau nocturne et sûr,
Et si je ne sais plus tout ce que j'ai vécu
C'est que tes yeux ne m'ont pas toujours vu.

Feuilles de jour et mousse de rosée,
Roseaux du vent, sourires parfumés,
Ailes couvrant le monde de lumière,
Bateaux chargés du ciel et de la mer,
Chasseurs des bruits et sources des couleurs,

Parfums éclos d'une couvée d'aurores
Qui gît toujours sur la paille des astres,
Comme le jour dépend de l'innocence
Le monde entier dépend de tes yeux purs
Et tout mon sang coule dans leurs regards.

CELLE DE TOUJOURS, TOUTE

Si je vous dis : « J'ai tout abandonné »
C'est qu'elle n'est pas celle de mon corps,
Je ne m'en suis jamais vanté,
Ce n'est pas vrai
Et la brume de fond où je me meus
Ne sait jamais si j'ai passé.

L'éventail de sa bouche, le reflet de ses yeux,
Je suis le seul à en parler,
Je suis le seul qui soit cerné
Par ce miroir si nul où l'air circule à travers moi
Et l'air a un visage, un visage aimé,

Un visage aimant, ton visage,
À toi qui n'as pas de nom et que les autres ignorent
La mer te dit : sur moi, le ciel te dit : sur moi,
Les astres te devinent, les nuages t'imaginent
Et le sang répandu aux meilleurs moments,
Le sang de la générosité,
Te porte avec délices.

Je chante la grande joie de te chanter.
La grande joie de t'avoir ou de ne pas t'avoir,
La candeur de t'attendre, l'innocence de te connaître,
Ô toi qui supprimes l'oubli, l'espoir et l'ignorance,
Qui supprimes l'absence et qui me mets au monde,
Je chante pour chanter, je t'aime pour chanter
Le mystère où l'amour me crée et se délivre.

Tu es pure, tu es encore plus pure que moi-même.

LES DESSOUS D'UNE VIE
ou LA PYRAMIDE HUMAINE

(1926)

D'abord, un grand désir m'était venu de solennité et d'apparat. J'avais froid. Tout mon être vivant et corrompu aspirait à la rigidité et à la majesté des morts. Je fus tenté ensuite par un mystère où les formes ne jouent aucun rôle. Curieux d'un ciel décoloré d'où les oiseaux et les nuages sont bannis. Je devins esclave de la faculté pure de voir, esclave de mes yeux irréels et vierges, ignorants du monde et d'eux-mêmes. Puissance tranquille. Je supprimai le visible et l'invisible, je me perdis dans un miroir sans tain. Indestructible, je n'étais pas aveugle.

LA DAME DE CARREAU

Tout jeune, j'ai ouvert mes bras à la pureté. Ce ne fut qu'un battement d'ailes au ciel de mon éternité, qu'un battement de cœur amoureux qui bat dans les poitrines conquises. Je ne pouvais plus tomber.

Aimant l'amour. En vérité, la lumière m'éblouit. J'en garde assez en moi pour regarder la nuit, toute la nuit, toutes les nuits.

Toutes les vierges sont différentes. Je rêve toujours d'une vierge.

À l'école, elle est au banc devant moi, en tablier noir. Quand elle se retourne pour me demander la solution d'un problème, l'innocence de ses yeux me confond à un tel point que, prenant mon trouble en pitié, elle passe ses bras autour de mon cou.

Ailleurs, elle me quitte. Elle monte sur un bateau. Nous sommes presque étrangers l'un à l'autre, mais sa jeunesse est si grande que son baiser ne me surprend point.

Ou bien, quand elle est malade, c'est sa main que je garde dans les miennes, jusqu'à en mourir, jusqu'à m'éveiller.

Je cours d'autant plus vite à ses rendez-vous que j'ai peur de n'avoir pas le temps d'arriver avant que d'autres pensées me dérobent à moi-même.

Une fois, le monde allait finir et nous ignorions tout de notre amour. Elle a cherché mes lèvres avec des mouvements de tête lents et caressants. J'ai bien cru, cette nuit-là, que je la ramènerais au jour.

Et c'est toujours le même aveu, la même jeunesse, les mêmes yeux purs, le même geste ingénu de ses bras autour de mon cou, la même caresse, la même révélation.

Mais ce n'est jamais la même femme.

Les cartes ont dit que je la rencontrerai dans la vie, *mais sans la reconnaître.*

Aimant l'amour.

*

Je tourne sans cesse dans un souterrain où la lumière n'est que sous-entendue. Attiré par son dernier reflet, je passe et repasse devant une fille forte et blonde à qui je donne le vertige et qui le redoute pour moi. Elle connaît le langage des sourds-muets, on s'en sert dans sa famille. Je ne suis pas curieux de savoir pourquoi on a tiré sur elle. La basse est restée près du cœur et l'émotion gonfle encore sa gorge.

Et nous roulons en auto, dans un bois. Une biche traverse la route. La belle jeune fille claque de la langue. C'est une musique délicieuse. Elle voudrait voir la couleur de mon sang. Ses cheveux sont coupés à tort et à travers, un vrai lit d'herbes folles qu'elle cache. Quelqu'un près de moi désire confusément fuir avec elle. Je m'en irai et je m'en vais. Passez assez vite pour que, brusquement, je ne sente sa bouche fraîche et féroce sur la mienne.

LES CENDRES VIVANTES

Plus j'avance, plus l'ombre s'accroît. Je serai bientôt cerné par ses monuments détruits et ses statues abattues. Je n'arriverai jamais. Mes pensées orgueilleuses ont trop longtemps été liées au luxe de la lumière. Je déroule depuis trop longtemps la soie chatoyante de ma tête, tout ce turban avide de reflets et de compliments. Il n'y a qu'une façon maintenant de sortir de cette obscurité : lier mon ambition à la misère simple, vivre toute ma vie sur le premier échelon nocturne, à peine au-dessus de moi, à peine celui des oiseaux de nuit. Détaché de cette terre, de cette ombre qui m'ensevelit. Le ciel a la couleur de la poussière.

Trois heures du matin. Un cortège, des cris, des chants, des armes, des torches, des brutes. Je suis, je suis obligé de suivre je ne sais quel pacha, quel padishah sonore. J'ai trop sommeil et je me révolte. Je mérite la mort. Mange ton pain sur la voiture qui te mène à l'échafaud, mange ton pain tranquillement. J'ai déjà dit que je n'attendais plus l'aube. Comme moi, la nuit est immortelle.

Dans un bouge, ma mère m'apporte un livre, un si beau livre. Je l'ouvre et je crache dedans. Ma fille est assise en face de moi, aussi calme que la bougie.

La nuit des chiffonniers. Je tiendrai la promesse que j'ai faite aux chiffonniers de leur rendre visite. Leur maison brûle. Ces gens sont vraiment aimables. Je ne méritais pas tant d'honneurs : leurs chevaux brûlent. On cherche dans les fossés les trésors que l'on doit m'offrir. Que le feuillage invisible est beau ! J'ai fait un geste incompréhensible : j'ai mis ma main en visière sur mes yeux.

L'AUBE IMPOSSIBLE

> *Le grand enchanteur est mort ! et ce pays d'illusion s'est effacé.*
>
> YOUNG

C'est par une nuit comme celle-ci que je me suis privé du langage pour prouver mon amour et que j'ai eu affaire à une sourde.

C'est par une nuit comme celle-ci que j'ai cueilli sur la verdure perpendiculaire des framboises blanches comme du lait, du dessert pour cette amoureuse de mauvaise volonté.

C'est par une nuit comme celle-ci que j'ai régné sur des rois et des reines alignés dans un couloir de craie ! Ils ne devaient leur taille qu'à la perspective, et si les premiers étaient gigantesques, les derniers, au loin, étaient si petits que d'avoir un corps visible, ils semblaient taillés à facettes.

C'est par une nuit comme celle-ci que je les ai laissés mourir, ne pouvant leur donner leur ration nécessaire de lumière et de raison.

C'est par une nuit comme celle-ci que, beau joueur, j'ai traîné dans les airs un filet fait de tous mes nerfs. Et quand je le relevais, il n'avait jamais une ombre, jamais un pli. Rien n'était pris. Le vent aigre grinçait des dents, le ciel rongé s'abaissait et quand je suis tombé, avec un corps épouvantable, un corps pesant d'amour, ma tête avait perdu sa raison d'être.

C'est par une nuit comme celle-ci que naquit de mon sang une herbe noire redoutable à tous les prisonniers.

À LA FENÊTRE

Je n'ai pas toujours eu cette sûreté, ce pessimisme qui rassure les meilleurs d'entre nous. Il fut un temps où mes amis riaient de moi. Je n'étais pas le maître de mes paroles. Une certaine indifférence. Je n'ai pas toujours bien su ce que je voulais dire, mais, le plus souvent, c'est que je n'avais rien à dire. La nécessité de parler et le désir de n'être pas entendu. Ma vie ne tenant qu'à un fil.

Il fut un temps où je ne semblais rien comprendre. Mes chaînes flottaient sur l'eau.

Tous mes désirs sont nés de mes rêves. Et j'ai prouvé mon amour avec des mots. À quelle créature fantastique me suis-je confié, dans quel monde douloureux et ravissant mon imagination m'a-t-elle enfermé ? Je suis sûr d'avoir été aimé dans le plus mystérieux des domaines, le mien. Le langage de mon amour n'appartient pas au langage humain, mon corps humain ne touche pas à la chair de mon amour. Mon imagination amoureuse a toujours été assez constante et assez haute pour que nul ne puisse tenter de me convaincre d'erreur.

EN SOCIÉTÉ

Je ne regrette pas — mais seulement parce que le regret n'est pas une forme suffisante du désespoir — le temps où j'étais méfiant, où j'espérais encore avoir quelque ennemi à vaincre, quelque brèche à tailler dans la nature humaine, quelque cachette sacrée. La méfiance, c'était encore l'arrêt, la constatation délectable du fini. Un fil tiré par une hirondelle qui, les ailes ouvertes, fait la pointe de la flèche, trompe aussi bien l'apparence de l'homme que sa réalité. Le vent n'ira pas où l'homme veut aller avec lui. Heureusement. Voici les frontières de l'erreur, voici les aveugles qui ne consentent pas à poser le pied là où la marche manque, voici les muets qui pensent avec des mots, voici les sourds qui font taire les bruits du monde.

Les membres las, ma parole, ne se séparent pas facilement. Leur ignorance de la solitude ne les empêche pas de se livrer à de sournoises expériences individuelles de physique amusante, miettes du grand repos, autant de minuscules éclats de rire des glycines et des acacias du décor.

La source des vertus n'est pas tarie. De beaux grands yeux bien ouverts servent encore à la contemplation des mains laborieuses qui n'ont jamais fait le mal et qui s'ennuient et qui ennuient tout le monde. Le plus bas calcul fait se fermer quotidiennement ces yeux. Ils ne favorisent le sommeil que pour se plonger ensuite dans la contemplation des mains laborieuses qui n'ont jamais fait le mal et qui s'ennuient et qui ennuient tout le monde. L'odieux trafic.

Tout cela vit : ce corps patient d'insecte, ce corps amoureux d'oiseau, ce corps fidèle de mammifère et ce corps maigre et vaniteux de la bête de mon enfance, tout cela vit. Seule, la tête est morte. J'ai dû la tuer. Mon visage ne me comprend plus. Et il n'y en a pas d'autres.

DÉFENSE DE SAVOIR

(1928)

L'aventure est pendue au cou de son rival
L'amour dont le regard se retrouve ou s'égare
Sur les places des yeux désertes ou peuplées.

Toutes les aventures de la face humaine
Cris sans échos signes de mort temps hors mémoire
Tant de beaux visages si beaux
Que les larmes les cachent
Tant d'yeux aussi sûrs de leur nuit
Que des amants mourant ensemble
Tant de baisers sous roche et tant d'eau sans nuages
Apparitions surgies d'absences éternelles
Tout était digne d'être aimé
Les trésors sont des murs et leur ombre est aveugle
Et l'amour est au monde pour l'oubli du monde.

*

Les hommes errants plus forts que les nains habituels
Ne se rencontrent pas. L'on raconte
Qu'ils se dévoreraient. La force de la force
Carcasses de connaissances carcasses d'ânes
Toujours rôdant dans les cerveaux et dans les chairs
Vous êtes bien téméraires dans vos suppositions.

Savante dégradation des blancs
Au ventre à table tout le matériel nécessaire
L'espoir sur tous les yeux met ses verres taillés
Le cœur on s'aperçoit que malgré tout l'on vit
Tandis qu'aux plages nues un seul homme inusable
Confond toute couleur avec la ligne droite
Mêle toute pensée à l'immobilité
Insensible de sa présence éternelle
Et fait le tour du monde et fait le tour du temps
La tête prisonnière dans son corps lié.

*

Quel beau spectacle mais quel beau spectacle
À proscrire. Sa visibilité parfaite
Me rendrait aveugle.

Des chrysalides de mes yeux
Naîtra mon sosie ténébreux
Parlant à contre-jour soupçonnant devinant
Il comble le réel
Et je soumets le monde dans un miroir noir
Et j'imagine ma puissance
Il fallait n'avoir rien commencé rien fini
J'efface mon image je souffle ses halos
Toutes les illusions de la mémoire
Tous les rapports ardents du silence et des rêves
Tous les chemins vivants tous les hasards sensibles
Je suis au cœur du temps et je cerne l'espace.

*

Ce que je te dis ne me change pas,
Je ne vais pas du plus grand au plus petit.
Regarde-moi :

La perspective ne joue pas pour moi.
Je tiens ma place
Et tu ne peux pas t'en éloigner.

Il n'y a plus rien autour de moi
Et : si je me détourne rien est à deux faces,
Rien et moi.

*

J'en ai pris un peu trop à mon aise,
J'ai soumis des fantômes aux règles d'exception
Sans savoir que je devais les reconnaître tous
En toi qui disparais pour toujours reparaître.

L'AMOUR LA POÉSIE

(1929)

PREMIÈREMENT

Je te l'ai dit pour les nuages
Je te l'ai dit pour l'arbre de la mer
Pour chaque vague pour les oiseaux dans les feuilles
Pour les cailloux du bruit
Pour les mains familières
Pour l'œil qui devient visage ou paysage
Et le sommeil lui rend le ciel de sa couleur
Pour toute la nuit bue
Pour la grille des routes
Pour la fenêtre ouverte pour un front découvert
Je te l'ai dit pour tes pensées pour tes paroles
Toute caresse toute confiance se survivent.

*

Toi la seule et j'entends les herbes de ton rire
Toi c'est ta tête qui t'enlève
Et du haut des dangers de mort
Sous les globes brouillés de la pluie des vallées
Sous la lumière lourde sous le ciel de terre
Tu enfantes la chute.

Les oiseaux ne sont plus un abri suffisant
Ni la paresse ni la fatigue

Le souvenir des bois et des ruisseaux fragiles
Au matin des caprices
Au matin des caresses visibles
Au grand matin de l'absence la chute.
Les barques de tes yeux s'égarent
Dans la dentelle des disparitions
Le gouffre est dévoilé aux autres de l'éteindre
Les ombres que tu crées n'ont pas droit à la nuit.

*

Mon amour pour avoir figuré mes désirs
Mis tes lèvres au ciel de tes mots comme un astre
Tes baisers dans la nuit vivante
Et le sillage de tes bras autour de moi
Comme une flamme en signe de conquête
Mes rêves sont au monde
Clairs et perpétuels.

Et quand tu n'es pas là
Je rêve que je dors je rêve que je rêve.

*

D'une seule caresse
Je te fais briller de tout ton éclat.

*

La terre est bleue comme une orange
Jamais une erreur les mots ne mentent pas
Ils ne vous donnent plus à chanter
Au tour des baisers de s'entendre
Les fous et les amours
Elle sa bouche d'alliance
Tous les secrets tous les sourires

Et quels vêtements d'indulgence
À la croire toute nue.

Les guêpes fleurissent vert
L'aube se passe autour du cou
Un collier de fenêtres
Des ailes couvrent les feuilles
Tu as toutes les joies solaires
Tout le soleil sur la terre
Sur les chemins de ta beauté.

*

Le sommeil a pris ton empreinte
Et la colore de tes yeux.

*

Le front aux vitres comme font les veilleurs de chagrin
Ciel dont j'ai dépassé la nuit
Plaines toutes petites dans mes mains ouvertes
Dans leur double horizon inerte indifférent
Le front aux vitres comme font les veilleurs de chagrin
Je te cherche par-delà l'attente
Par-delà moi-même.
Et je ne sais plus tant je t'aime
Lequel de nous deux est absent.

*

Les corbeaux battent la campagne
La nuit s'éteint
Pour une tête qui s'éveille
Les cheveux blancs le dernier rêve
Les mains se font jour de leur sang
De leurs caresses

Une étoile nommée azur
Et dont la forme est terrestre

Folle des cris à pleine gorge
Folle des rêves
Folle aux chapeaux de sœur cyclone
Enfance brève folle aux grands vents
Comment ferais-tu la belle la coquette

Ne rira plus
L'ignorance l'indifférence
Ne révèlent pas leur secret
Tu ne sais pas saluer à temps
Ni te comparer aux merveilles
Tu ne m'écoutes pas.
Mais ta bouche partage l'amour
Et c'est par ta bouche
Et c'est derrière la buée de nos baisers
Que nous sommes ensemble.

*

Il fallait bien qu'un visage
Réponde à tous les noms du monde.

SECONDE NATURE

En l'honneur des muets des aveugles des sourds
À la grande pierre noire sur les épaules
Les disparitions du monde sans mystère.

Mais aussi pour les autres à l'appel des choses par leur
nom
La brûlure de toutes les métamorphoses
La chaîne entière des aurores dans la tête
Tous les cris qui s'acharnent à briser les mots

Et qui creusent la bouche et qui creusent les yeux
Où les couleurs furieuses défont les brumes de l'attente
Dressent l'amour contre la vie les morts en rêvent
Les bas-vivants partagent les autres sont esclaves
De l'amour comme on peut l'être de la liberté.

*

Aux grandes inondations de soleil
Qui décolorent les parfums
Aux confins des saisons magiques
Aux soleils renversés
Beaux comme des gouttes d'eau
Les désirs se dédoublent

Voici qu'ils ont choisi
Les tortures les plus contraires
Visage admirable tout nu
Ridicule refusé comme rebelle
Dépaysé
Tournure secrète
Chemins de chair et ciel de tête
Et toi complice misérable
Avec des larmes entre les feuilles
Et ce grand mur que tu défends
Pour rien
Parce que tu croiras toujours
Avoir fait le mal par amour
Ce grand mur que tu défends
Inutilement.

Sous les paupières dans les chevelures
Je berce celles qui pensent à moi
Elles ont changé d'attitude
Depuis les temps vulgaires
Elles ont leur part de refus sur les bras
Les caresses n'ont pas délivré leur poitrine
Leurs gestes je les règle en leur disant adieu
Le souvenir de mes paroles exige le silence
Comme l'audace engage toute la dignité.

Entendez-moi
Je parle pour les quelques hommes qui se taisent
Les meilleurs.

COMME UNE IMAGE

Armure de proie le parfum noir rayonne
Les arbres sont coiffés d'un paysage en amande
Berceau de tous les paysages les clés les dés
Les plaines de soucis les montagnes d'albâtre
Les lampes de banlieue la pudeur les orages
Les gestes imprévus voués au feu
Les routes qui séparent la mer de ses noyés
Tous les rébus indéchiffrables.

La fleur de chardon construit un château
Elle monte aux échelles du vent
Et des graines à tête de mort.
Des étoiles d'ébène sur les vitres luisantes
Promettent tout à leurs amants
Les autres qui simulent
Maintiennent l'ordre de plomb.

Muet malheur de l'homme
Son visage petit matin
S'ouvre comme une prison
Ses yeux sont des têtes coupées
Ses doigts lui servent à compter
À mesurer à prendre à convaincre
Ses doigts savent le ligoter.

Ruine du public
Son émotion est en morceaux
Son enthousiasme à l'eau
Les parures suspendues aux terreurs de la foudre
Pâturages livides où des rochers bondissent
Pour en finir
Une tombe ornée de très jolis bibelots
Un voile de soie sur les lenteurs de la luxure
Pour en finir
Une hache dans le dos d'un seul coup.

Dans les ravins du sommeil
Le silence dresse ses enfants
Voici le fruit fatal qui crève les tympans
La poussiéreuse mort des couleurs
L'idiotie
Voici le premier paresseux
Et les mouvements machinaux de l'insomnie
L'oreille les roseaux à courber comme un casque
L'oreille exigeante l'ennemie oubliée dans la brume
Et l'inépuisable silence
Qui bouleverse la nature en ne la nommant pas
Qui tend des pièges souriants
Ou des absences à faire peur
Brise tous les miroirs des lèvres.

En pleine mer dans des bras délicats
Aux beaux jours les vagues à toutes voiles
Et le sang mène à tout
C'est une place sans statue
Sans rameurs sans pavillon noir
Une place nue irisée
Où toutes les fleurs errantes
Les fleurs au gré de la lumière
Ont caché des féeries d'audace

C'est un bijou d'indifférence
À la mesure de tous les cœurs
Un bijou ciselé de rires
C'est une maison mystérieuse
Où des enfants déjouent les hommes.

Aux alentours de l'espoir
En pure perte
Le calme fait le vide.

*

Je sors des caves de l'angoisse
Des courbes lentes de la peur
Je tombe dans un puits de plumes
Pavots je vous retrouve
Sans y songer
Dans un miroir fermé
Vous êtes aussi beaux que des fruits
Et si lourds ô mes maîtres
Qu'il vous faut des ailes pour vivre
Ou mes rêves.

L'enfance reste chez elle
À rougir de ses devoirs
À mériter la vie
Avec ses jeux de toutes les couleurs
Ses cahiers tondus ses plumiers acides
Une main se ferme se pose
Les mains de l'enfant
Comme des grenouilles.

Mais voici que s'abat se dresse se dandine
La poussière arrogante
Sans carcasse toute de charmes
La toute pelée la curieuse

Un palais la salue la reçoit l'accompagne
Avec sa façade avec le grand livre d'origine
Avec les clés qui sont une offense aux murailles
Les rideaux soulevés du sourire
À croire aussi que le triple dedans
N'est pas mesuré par les rides.

La plus petite course du lézard
Dément toutes les précautions
La plus petite mort du bois
Quand la hache casse le fil
Et délivre un oiseau
Le coup d'ailes de la surprise.

L'armature des rousses éclatante parure
Et ce mépris pour toutes les plantes souterraines
Pour bénir les poisons pour honorer les fièvres
Les sources sont couronnées d'ombre
Le corps partage ses conquêtes
Mais sa jeunesse est au secret.

Pavots renoncez-vous
Au dur trajet des graines.

À TOUTE ÉPREUVE

(1930)

L'UNIVERS-SOLITUDE

Les fruits du jour couvés par la terre
Une femme une seule ne dort pas
Les fenêtres sont couchées.

*

Une femme chaque nuit
Voyage en grand secret.

*

Villages de la lassitude
Où les filles ont les bras nus
Comme des jets d'eau
La jeunesse grandit en elles
Et rit sur la pointe des pieds.

Villages de la lassitude
Où tous les êtres sont pareils.

*

Pour voir les yeux où l'on s'enferme
Et les rires où l'on prend place.

*

Des insectes entrent ici
Ombres grésillantes du feu
Une flamme toute rouillée
Éclabousse le sommeil
Son lit de chair et ses vertus.

*

Je veux t'embrasser je t'embrasse
Je veux te quitter tu t'ennuies
Mais aux limites de nos forces
Tu revêts une armure plus dangereuse qu'une arme.

*

La montagne la mer et la belle baigneuse
Dans la maison des pauvres
Sur le ciel fané qui leur tient lieu d'ombrage
Se dissimulent mille et mille lampes sombres.

Un champ de reflets joint les larmes
Ferme les yeux
Tout est comblé.

À la suite des images
La masse de la lumière roule vers d'autres rêves.

*

Le corps et les honneurs profanes
Incroyable conspiration
Des angles doux comme des ailes.

— Mais la main qui me caresse
C'est mon rire qui l'ouvre
C'est ma gorge qui la retient
Qui la supprime.

Incroyable conspiration
Des découvertes et des surprises.

*

Fantôme de ta nudité
Fantôme enfant de ta simplicité
Dompteur puéril sommeil charnel
De libertés imaginaires.

*

Une chanson de porcelaine bat des mains
Puis en morceaux mendie et meurt
Tu te souviendras d'elle pauvre et nue
Matin des loups et leur morsure est un tunnel
D'où tu sors en robe de sang

À rougir de la nuit
Que de vivants à retrouver
Que de lumières à éteindre
Je t'appellerai Visuelle
Et multiplierai ton image

*

Désarmée
Elle ne se connaît plus d'ennemis.

*

Il fait clair je me suis couvert
Comme pour sortir du jour

Colère sous le signe atroce
De la jalousie l'injustice
La plus savante

Fais fuir ce ciel sombre
Casse ses vitres
Donne-les à manger aux pierres

Ce faux ciel sombre
Impur et lourd.

*

J'admirais descendant vers toi
L'espace occupé par le temps
Nos souvenirs me transportaient

Il te manque beaucoup de place
Pour être toujours avec moi.

CONFECTIONS

La simplicité même écrire
Pour aujourd'hui la main est là.

*

Il est extrêmement touchant
De ne pas savoir s'exprimer
D'être trop évidemment responsable
Des erreurs d'un inconnu
Qui parle une langue étrangère
D'être au jour et dans les yeux fermés
D'un autre qui ne croit qu'à son existence.

Les merveilles des ténèbres à gagner
Invisibles mais libératrices
Tout entières dans chaque tête
Folles de solitude
Au déclin de la force et de la forme humaine
Et tout est dans la tête
Aussi bien la force mortelle que la forme humaine
Et tout ce qui sépare un homme de lui-même
La solitude de tous les êtres

*

Les oiseaux parfument les bois
Les rochers leurs grands lacs nocturnes.

*

Gagner au jeu du profil
Qu'un oiseau reste dans ses ailes.

*

Par leur intelligence et leur adresse
Une existence normale

Par leur étrange goût du risque
Un chemin mystérieux

À ce jeu dangereux
L'amertume meurt à leurs pieds.

*

Le sang coulant sur les dalles
Me fait des sandales
Sur une chaise au milieu de la rue
J'observe les petites filles créoles
Qui sortent de l'école en fumant la pipe.

*

Demain le loup fuira vers les sombres étoffes de la peur
Et d'emblée le corbeau renaîtra plus rouge que jamais
Pour orner le bâton du maître de la tribu.

*

Il ne faut pas voir la réalité telle que je suis.

*

Les arbres blancs les arbres noirs
Sont plus jeunes que la nature
Il faut pour retrouver ce hasard de naissance
Vieillir.

*

Soleil fatal du nombre des vivants
On ne conserve pas ton cœur.

*

Peut-il se reposer celui qui dort
Il ne voit pas la nuit ne voit pas l'invisible
Il a de grandes couvertures
Et des coussins de sang sur des coussins de boue

Sa tête est sous les toits et ses mains sont fermées
Sur les outils de la fatigue
Il dort pour éprouver sa force
La honte d'être aveugle dans un si grand silence.

Aux rivages que la mer rejette
Il ne voit pas les poses silencieuses
Du vent qui fait entrer l'homme dans ses statues
Quand il s'apaise.

Bonne volonté du sommeil
D'un bout à l'autre de la mort.

LA VIE IMMÉDIATE

(1932)

À PERTE DE VUE
DANS LE SENS DE MON CORPS

Tous les arbres toutes leurs branches toutes leurs feuilles
L'herbe à la base les rochers et les maisons en masse
Au loin la mer que ton œil baigne
Ces images d'un jour après l'autre
Les vice les vertus tellement imparfaits
La transparence des passants dans les rues de hasard
Et les passantes exhalées par tes recherches obstinées
Tes idées fixes au cœur de plomb aux lèvres vierges
Les vices les vertus tellement imparfaits
La ressemblance des regards de permission avec les yeux que tu conquis
La confusion des corps des lassitudes des ardeurs
L'imitation des mots des attitudes des idées
Les vices les vertus tellement imparfaits

L'amour c'est l'homme inachevé.

À PEINE DÉFIGURÉE

Adieu tristesse
Bonjour tristesse
Tu es inscrite dans les lignes du plafond
Tu es inscrite dans les yeux que j'aime
Tu n'es pas tout à fait la misère
Car les lèvres les plus pauvres te dénoncent
Par un sourire
Bonjour tristesse
Amour des corps aimables
Puissance de l'amour
Dont l'amabilité surgit
Comme un monstre sans corps
Tête désappointée
Tristesse beau visage.

PAR UNE NUIT NOUVELLE

Femme avec laquelle j'ai vécu
Femme avec laquelle je vis
Femme avec laquelle je vivrai
Il te faut un manteau rouge
Des gants rouges un masque rouge
Et des bas noirs
Des raisons des preuves
De te voir toute nue
Nudité pure ô parure parée

Seins ô mon cœur.

VERS MINUIT

Des portes s'ouvrent des fenêtres se dévoilent
Un feu silencieux s'allume et m'éblouit
Tout se décide je rencontre
Des créatures que je n'ai pas voulues

Voici l'idiot qui recevait des lettres de l'étranger
Voici l'anneau précieux qu'il croyait en argent
Voici la femme bavarde aux cheveux blancs
Voici la fille immatérielle
Incomplète et laide baignée de nuit et de misère
Fardée de mauves et de pervenches absurdes
Sa nudité sa chasteté sensibles de partout
Voici la mer et des bateaux sur des tables de jeu
Un homme libre un autre homme libre et c'est le même
Des animaux enragés devant la peur masquée de boue
Des morts des prisonniers des fous tous les absents

Mais toi pourquoi n'es-tu pas là pour m'éveiller.

TOUS LES DROITS

Simule
L'ombre fleurie des fleurs suspendues au printemps
Le jour le plus court de l'année et la nuit esquimau
L'agonie des visionnaires de l'automne
L'odeur des roses la savante brûlure de l'ortie
Étends des linges transparents
Dans la clairière de tes yeux
Montre les ravages du feu ses œuvres d'inspiré

Et le paradis de sa cendre
Le phénomène abstrait luttant avec les aiguilles de la pendule
Les blessures de la vérité les serments qui ne plient pas
Montre-toi

Tu peux sortir en robe de cristal
Ta beauté continue
Tes yeux versent des larmes des caresses des sourires
Tes yeux sont sans secret
Sans limites.

AMOUREUSES

Elles ont les épaules hautes
Et l'air malin
Ou bien des mines qui déroutent
La confiance est dans la poitrine
À la hauteur où l'aube de leurs seins se lève
Pour dévêtir la nuit

Des yeux à casser les cailloux
Des sourires sans y penser
Pour chaque rêve
Des rafales de cris de neige
Des lacs de nudité
Et des ombres déracinées

Il faut les croire sur baiser
Et sur parole et sur regard
Et ne baiser que leurs baisers

Je ne montre que ton visage
Les grands orages de ta gorge
Tout ce que je connais et tout ce que j'ignore
Mon amour ton amour ton amour ton amour.

AU REVOIR

Devant moi cette main qui défait les orages
Qui défrise et qui fait fleurir les plantes grimpantes
Avec sûreté est-ce la tienne est-ce un signal
Quand le silence pèse encore sur les mares au fond des puits tout au fond du matin.

Jamais décontenancée jamais surprise est-ce ta main
Qui jure sur chaque feuille la paume au soleil
Le prenant à témoin est-ce ta main qui jure
De recevoir la moindre ondée et d'en accepter le déluge
Sans l'ombre d'un éclair passé
Est-ce ta main ce souvenir foudroyant au soleil.

Prends garde la place du trésor est perdue
Les oiseaux de nuit sans mouvement dans leur parure
Ne fixent rien que l'insomnie aux nerfs assassins
Dénouée est-ce ta main qui est ainsi indifférente
Au crépuscule qui laisse tout échapper.

Toutes les rivières trouvent des charmes à leur enfance
Toutes les rivières reviennent du bain
Les voitures affolées parent de leurs roues le sein des places
Est-ce ta main qui fait la roue
Sur les places qui ne tournent plus

Ta main dédaigneuse de l'eau des caresses
Ta main dédaigneuse de ma confiance de mon insouciance.
Ta main qui ne saura jamais me détourner de toi.

NUITS PARTAGÉES

Au terme d'un long voyage, je revois toujours ce corridor, cette taupe, cette ombre chaude à qui l'écume de mer prescrit des courants d'airs purs comme de tout petits enfants, je revois toujours la chambre où je venais rompre avec toi le pain de nos désirs, je revois toujours ta pâleur dévêtue qui, le matin, fait corps avec les étoiles qui disparaissent. Je sais que je vais encore fermer les yeux pour retrouver les couleurs et les formes conventionnelles qui me permettent de t'aborder. Quand je les rouvrirai, ce sera pour chercher dans un coin l'ombrelle corruptible à manche de pioche qui me fait redouter le beau temps, le soleil, la vie, car je ne t'aime plus au grand jour, car je regrette le temps où j'étais parti à ta découverte et le temps aussi où j'étais aveugle et muet devant l'univers incompréhensible et le système d'entente incohérent que tu me proposais.

N'as-tu pas suffisamment porté la responsabilité de cette candeur qui m'obligeait à toujours retourner tes volontés contre toi ?

Que ne m'as-tu donné à penser ! Maintenant, je ne viens plus te voir que pour être plus sûr du grand mystère que constitue encore l'absurde durée de ma vie, l'absurde durée d'une nuit.

Quand j'arrive, toutes les barques s'en vont, l'orage recule devant elles. Une ondée délivre les fleurs obscures, leur éclat recommence et frappe de nouveau les murs de laine. Je sais, tu n'es jamais sûre de rien, mais l'idée du mensonge, mais l'idée d'une erreur sont tellement au-dessus de nos forces. Il y a si longtemps que la porte têtue n'avait pas cédé, si longtemps que la monotonie de l'espoir nourrissait l'ennui, si longtemps que tes sourires étaient des larmes.

Nous avons refusé de laisser entrer les spectateurs, car il n'y a pas de spectacle. Souviens-toi, pour la solitude, la scène vide, sans décors, sans acteurs, sans musiciens. L'on dit : le théâtre du monde, la scène mondiale et, nous deux, nous ne savons plus ce que c'est. Nous deux, j'insiste sur ces mots, car aux étapes de ces longs voyages que nous faisions séparément, je le sais maintenant, nous étions vraiment ensemble, nous étions vraiment, nous étions, nous. Ni toi, ni moi ne savions ajouter le temps qui nous avait séparés à ce temps pendant lequel nous étions réunis, ni toi, ni moi ne savions l'en soustraire.

Une ombre chacun, mais dans l'ombre nous l'oublions.

*

La lumière m'a pourtant donné de belles images des négatifs de nos rencontres. Je t'ai identifiée à des êtres dont seule la variété justifiait le nom, toujours le même, le tien, dont je voulais les nommer, des êtres que je transformais comme je te transformais, en pleine lumière, comme on transforme l'eau d'une source en la prenant dans un verre, comme on transforme sa main en la mettant dans une autre. La neige même, qui fut derrière nous l'écran douloureux sur lequel les cristaux des serments fondaient, la neige même était masquée. Dans les cavernes terrestres, des plantes cristallisées cherchaient les décolletés de la sortie.

Ténèbres abyssales toutes tendues vers une confusion

éblouissante, je ne m'apercevais pas que ton nom devenait illusoire, qu'il n'était plus que sur ma bouche et que, peu à peu, le visage des tentations apparaissait réel, entier, seul.

C'est alors que je me retournais vers toi.

*

Réunis, chaque fois à jamais réunis, ta voix comble tes yeux comme l'écho comble le ciel du soir. Je descends vers les rivages de ton apparence. Que dis-tu? Que tu n'as jamais cru être seule, que tu n'as pas rêvé depuis que je t'ai vue, que tu es comme une pierre que l'on casse pour avoir deux pierres plus belles que leur mère morte, que tu étais la femme d'hier et que tu es la femme d'aujourd'hui, qu'il n'y a pas à te consoler puisque tu t'es divisée pour être intacte à l'heure qu'il est.

Toute nue, toute nue, tes seins sont plus fragiles que le parfum de l'herbe gelée et ils supportent tes épaules. Toute nue. Tu enlèves ta robe avec la plus grande simplicité. Et tu fermes les yeux et c'est la chute d'une ombre sur un corps, la chute de l'ombre tout entière sur les dernières flammes.

Les gerbes des saisons s'écroulent, tu me montres le fond de ton cœur. C'est la lumière de la vie qui profite des flammes qui s'abaissent, c'est une oasis qui profite du désert, que le désert féconde, que la désolation nourrit. La fraîcheur délicate et creuse se substitue aux foyers tournoyants qui te mettaient en tête de me désirer. Au-dessus de toi, ta chevelure glisse dans l'abîme qui justifie notre éloignement.

*

Que ne puis-je encore, comme au temps de ma jeunesse, me déclarer ton disciple, que ne suis-je encore convenir avec toi que le couteau et ce qu'il coupe sont bien accordés. Le piano et le silence, l'horizon et l'étendue.

Par ta force et par ta faiblesse, tu croyais pouvoir concilier les désaccords de la présence et les harmonies de l'absence, une union maladroite, naïve, et la science des privations. Mais, plus bas que tout, il y avait l'ennui. Que veux-tu que cet aigle aux yeux crevés retienne de nos nostalgies ?

Dans les rues, dans les campagnes, cent femmes sont dispersées par toi, tu déchires la ressemblance qui les lie, cent femmes sont réunies par toi et tu ne peux leur donner de nouveaux traits communs et elles ont cent visages, cent visages qui tiennent ta beauté en échec.

*

Et dans l'unité d'un temps partagé, il y eut soudain tel jour de telle année que je ne pus accepter. Tous les autres jours, toutes les autres nuits, mais ce jour-là j'ai trop souffert. La vie, l'amour avaient perdu leur point de fixation. Rassure-toi, ce n'est pas au profit de quoi que ce soit de durable que j'ai désespéré de notre entente. Je n'ai pas imaginé une autre vie, devant d'autres bras, dans d'autres bras. Je n'ai pas pensé que je cesserais un jour de t'être fidèle, puisque à tout jamais j'avais compris ta pensée et la pensée que tu existes, que tu ne cesses d'exister qu'avec moi.

J'ai dit à des femmes que je n'aimais pas que leur existence dépendait de la tienne.

Et la vie, pourtant, s'en prenait à notre amour. La vie sans cesse à la recherche d'un nouvel amour, pour effacer l'amour ancien, l'amour dangereux, la vie voulait changer d'amour.

Principes de la fidélité… Car les principes ne dépendent pas toujours de règles sèchement inscrites sur le bois blanc des ancêtres, mais de charmes bien vivants, de regards, d'attitudes, de paroles et des signes de la jeunesse, de la pureté, de la passion. Rien de tout cela ne s'efface.

*

Je m'obstine à mêler des fictions aux redoutables réalités. Maisons inhabitées, je vous ai peuplées de femmes exceptionnelles, ni grasses, ni maigres, ni blondes, ni brunes, ni folles, ni sages, peu importe, de femmes plus séduisantes que possibles par un détail. Objets inutiles, même la sottise qui procéda à votre fabrication me fut une source d'enchantements. Êtres indifférents, je vous ai souvent écoutés, comme on écoute le bruit des vagues et le bruit des machines d'un bateau, en attendant délicieusement le mal de mer. J'ai pris l'habitude des images les plus inhabituelles. Je les ai vues où elles n'étaient pas. Je les ai mécanisées comme mes levers et mes couchers. Les places, comme des bulles de savon, ont été soumises au gonflement de mes joues, les rues à mes pieds l'un devant l'autre et l'autre passe devant l'un, devant deux et fait le total, les femmes ne se déplaçaient plus que couchées, leur corsage ouvert représentant le soleil. La raison, la tête haute, son carcan d'indifférence, lanterne à tête de fourmi, la raison, pauvre mât de fortune pour un homme affolé, le mât de fortune du bateau… voir plus haut.

Pour me trouver des raisons de vivre, j'ai tenté de détruire mes raisons de t'aimer. Pour me trouver des raisons de t'aimer, j'ai mal vécu.

*

Au terme d'un long voyage, peut-être n'irai-je plus vers cette porte que nous connaissons tous deux si bien, je n'entrerai peut-être plus dans cette chambre où le désespoir et le désir d'en finir avec le désespoir m'ont tant de fois attiré. À force d'être un homme incapable de surmonter son ignorance de lui-même et du destin, je prendrai peut-être parti pour des êtres différents de celui que j'avais inventé.

À quoi leur servirai-je ?

LES SEMBLABLES

Je change d'idée
À suivre les brises de fil fin
À suivre tes jambes tes mains tes yeux
La robe habile qui t'invente
Pour que tu la remplaces.

Je change d'idée
Tu passes dans la rue
Dans un ouragan de soleil
Je te rencontre je m'arrête
Je suis jeune tu t'en souviens.

Je change d'idée
Ta bouche est absente
Je ne te parle plus tu dors
Il y a des feux de terreur dans ta nuit
Un champ de larmes claires dans tes rêves.
Nous ne sommes pas tristes ensemble
Je t'oublie.

Je change d'idée
Tu ne peux pas dormir
Sur des échelles nonchalantes
Interminablement
Entre la fleur et le fruit
Dans l'espace
Entre la fleur et le fruit
Tu cherches le sommeil
La première gelée blanche
Et tu m'oublies.

Je change d'idée
Tu ris tu joues tu es vivante
Et curieuse un désert se peuplerait pour toi
Et j'ai confiance.

Fini
Je n'ai jamais pu t'oublier
Nous ne nous quitterons jamais
Il faut donner à la sécurité
La neige paysanne la meule à ruines
Une mort convenable
Le jour en pure perte noie les étoiles
À la pointe d'un seul regard
De la même contemplation
Il faut brûler le sphinx qui nous ressemble
Et ses yeux de saison
Et ses mousses de solitude.

LE TEMPS D'UN ÉCLAIR

Elle n'est pas là.

La femme au tablier guette la pluie aux vitres
En spectacle tous les nuages jouent au plus fin
Une fillette de peu de poids
Passée au bleu
Joue sur un canapé crevé
Le silence a des remords.

J'ai suivi les murs d'une rue très longue
Des pierres des pavés des verdures
De la terre de la neige du sable
Des ombres du soleil de l'eau
Vie apparente

Sans oublier qu'elle était là
À promener un grand jardin
À becqueter un mûrier blanc
La neige de ses rires stérilisait la boue
Sa démarche était vierge.

UNE POUR TOUTES

Une ou plusieurs
L'azur couché sur l'orage
La neige sur les oiseaux
Les bruits de la peur dans les bois revêches

Une ou plusieurs
Dans les coques de glaise on a semé des corbeaux

Aux ailes fanées au bec de tremblement de terre
Ils ont cueilli les fantastiques roses rousses de l'orage

Une ou plusieurs
La collerette du soleil
L'immense fraise du soleil
Sur le goulot d'une clairière

Une ou plusieurs
Plus sensibles à leur enfance
Qu'à la pluie et au beau temps
Plus douces à connaître
Que le sommeil en pente douce
Loin de l'ennui

Une ou plusieurs
Dans des miroirs câlins
Où leur voix le matin se déchire comme un linge

Une ou plusieurs
Faites de pierre qui s'effrite
Et de plume qui s'éparpille
Faites de ronces faites de lin d'alcool d'écume
De rires de sanglots de négligences de tourments ridicules
Faites de chair et d'yeux véritables sans doute

Une ou plusieurs
Avec tous leurs défauts tous leurs mérites
Des femmes

Une ou plusieurs
Le visage ganté de lierre
Tentantes comme du pain frais
Toutes les femmes qui m'émeuvent
Parées de ce que j'ai souhaité

Parées de calme et de fraîcheur
Parées de sel d'eau de soleil
De tendresse d'audace et de mille caprices
De mille chaînes

Une ou plusieurs
Dans tous mes rêves
Une nouvelle fleur des bois
Fleur barbare aux pistils en fagot
Qui s'ouvre dans le cercle ardent de ses délires
Dans la nuit meurtrie

Une ou plusieurs

Une jeunesse à en mourir
Une jeunesse violente inquiète et saturée d'ennui
Qu'elle a partagée avec moi
Sans se soucier des autres.

LA ROSE PUBLIQUE

(1934)

COMME DEUX GOUTTES D'EAU

De tout ce que j'ai dit de moi que reste-t-il
J'ai conservé de faux trésors dans des armoires vides
Un navire inutile joint mon enfance à mon ennui
Mes jeux à la fatigue
Un départ à mes chimères
La tempête à l'arceau des nuits où je suis seul
Une île sans animaux aux animaux que j'aime
Une femme abandonnée à la femme toujours nouvelle
En veine de beauté
La seule femme réelle
Ici ailleurs
Donnant des rêves aux absents
Sa main tendue vers moi
Se reflète dans la mienne
Je dis bonjour en souriant
On ne pense pas à l'ignorance
Et l'ignorance règne
Oui j'ai tout espéré
Et j'ai désespéré de tout
De la vie de l'amour de l'oubli du sommeil
Des forces des faiblesses
On ne me connaît plus
Mon nom mon ombre sont des loups.

*

Filles de rien prêtes à tout
Sœurs des fleurs sans racines
Sœurs des enfants rebelles
Minuscules
Indifférentes
Réduites à l'intelligence
À la raison à en mourir
Réduites dans vos secrets
Étrangères délaissées
Mes lointaines compagnes
Aux chairs sentimentales
Belles à peine belles mais toujours belles
Plus simples que le malheur
Plus précieuses que la beauté
De vos lèvres abattues
De votre sourire effondré
Vous me confiez vos poisons
Ô mithridatisées

Et j'oppose à l'amour
Des images toutes faites
Au lieu d'images à faire.

UNE PERSONNALITÉ

TOUJOURS NOUVELLE, TOUJOURS DIFFÉRENTE, L'AMOUR AUX SEXES CONFONDUS DANS LEUR CONTRADICTION, SURGIT SANS CESSE DE LA PERFECTION DE MES DÉSIRS. TOUTE IDÉE DE POSSESSION LUI EST FORCÉMENT ÉTRANGÈRE

Je n'ai pas souvent le courage de penser au lendemain
Je ne suis pas une épée qui mêle d'un seul coup la vie et la mort
J'ai vu bien des grands satisfaits j'ai connu des rêveurs ponctuels
Des écorchés luisants de dignité des hommes dont les mains n'étaient pas des nourrices
Mais des horloges de naissance
Des femmes incommunicables
Des enfants sans âge

Devant leur assiette cervicale
Ils dévidaient leur appétit
Ils ne donnaient rien en échange
Ils vivaient sur leur propre fonds
D'un geste brusque j'interromps tous ces mauvais souvenirs
Qui mettaient la nuit en veilleuse
Je n'ai plus d'expérience
D'autres mouches viennent se prendre au plus noir de mon cœur
Les bracelets d'un baiser autour d'un bras interminable
La rosace de l'ivresse à la pointe d'un sein
Le remous des regards honteux ne me fait pas honte
J'embrasse avec ferveur la chair des arbres sous leur écorce
Je cherche dans la terre les flammes de la pluie

Les agates de la chaleur
Les plus petites graines du soleil d'hiver
À l'odeur de cendres et couleur de lys
Recherches bariolées sous le couvert de l'ignorance
On m'a libéré du logis où la poussière
Est conservée par modestie par goût de l'ordre
Il y a trop de trous trop d'ornières
Sur le chemin du retour
J'apprends des jeux qui n'en finissent pas
Des jeux à tout casser
Des chants qui crèvent les rideaux de la hauteur
Revenir serait une chute écrasante.

Couronnée de mes yeux
Voici la tête la plus précieuse
Elle apparaît petite elle est jeune
Nous sommes face à face et rien ne nous est invisible
Délire perpétuel nous nous sommes tout dit
Et nous avons tout à nous dire

Cambrée, câline, tu vacilles

Dans notre miroir au cœur double
Nos désirs vont bâtir ton corps
En faire la soif des oiseaux
Un bateau de velours d'orage
Un geyser de mains démentes
Une arme contre l'habitude

Que pèse une vitre qu'on brise
Les épis de ta nudité coulent dans mes veines
Le souffle bref de l'ambre dans le vide
Le frisson des sillons sur un abîme
Le sang ne quitte plus sa proie
Sa raison d'être sans passé.

Toute ma confiance
À celle qui mentait à la multiple
À bout de souffle elle m'accorda la vérité
La vérité que je lui apprenais
La triste et douce vérité
Que l'amour est semblable à la faim à la soif
Mais qu'il n'est jamais rassasié
Il a beau prendre corps il sort de la maison
Il sort du paysage
L'horizon fait son lit

Comment ma vie disait-elle
Une autre ai-je été moi-même
Qui dans la vie qui en moi-même
Et moi les autres
Pourtant mon corps mon visage mes yeux
Ce que j'ai vu
Ou bien ce que les autres ont vu
Ce que tu vois

J'ai vu le soleil quitter la terre
Et la terre se peupler d'hommes et femmes endormis

J'ai vu le sablier du ciel et de la mer se renverser
Le sablier d'une robe qui tombe
Et d'un corps nu qui se redresse
Porte ouverte dehors est roi
Il chante partout à tue-tête
Une vigne s'accroche au vent
Les murs sont chargés d'espace
De solitude transparente

J'ai vu une femme regarder son enfant nouveau-né
Comme une tuile enlevée d'un toit
Son enfant en progrès sur l'homme

J'ai vu mon meilleur ami
Creuser dans les rues de la ville
Dans toutes les rues de la ville un soir
Le long tunnel de son chagrin
Il offrait à
Toutes les femmes
Une rose privilégiée
Une rose de rosée
Pareille à l'ivresse d'avoir soif
Il les priait humblement
D'accepter
Ce petit myosotis
Une rose étincelante et ridicule
Dans une main pensante
Dans une main en fleur

La peur la gêne la misère
De petits rires
Au lieu de rire passionné
Qui aurait permis de passer au lendemain
Toutes les femmes aucune femme
Ce soir inépuisable
Le jour était une inconnue
Ou une morte

Sur ses seins sur ses yeux on avait bâti
La ville lourde et laide
Sa chevelure un bouclier
Rompue éteinte
Sa chevelure toute une foule dispersée
Par l'horreur des rues inutiles

Et j'ai vu naître l'imperceptible
La nuit rêvée.

*

Des couteaux si tranchants si forts qu'ils n'aient plus de poids
Éparpillés dans la mêlée étonnant les plus fatigués les plus fiers
Des couteaux comme des statues de la fureur
Comme des chasseurs sur les traces de mendiants immondes
Des couteaux comme des astres définitifs
Comme des barreaux de prison au vent
Des couteaux pour pleurer et pour ne plus jamais pleurer
Des couteaux pour aller à l'assaut du papier à fleurs de l'aube
Pour saccager les fondations de la vie blanche et noire comme un pain
Des couteaux comme un verre de poison dans l'haleine
Comme les bras nus d'un deuil éblouissant
Pour veiller l'agonie des déluges

Pour connaître la fin de l'absurde.

L'OBJECTIVITÉ POÉTIQUE

N'EXISTE QUE DANS LA SUCCESSION, DANS L'ENCHAÎNEMENT DE TOUS LES ÉLÉMENTS SUBJECTIFS DONT LE POÈTE EST, JUSQU'À NOUVEL ORDRE, NON LE MAÎTRE, MAIS L'ESCLAVE

. . . .

Le long des murailles meublées d'orchestres décrépits
Dardant leurs oreilles de plomb vers le jour
À l'affût d'une caresse corps avec la foudre

Le sourire faucheur des têtes basses
L'odeur du son
Les explosions du temps fruits toujours mûrs pour la mémoire.
. . . .

*

Et tes mains de pluie sur des yeux avides
Floraison nourricière
Dessinaient des clairières dans lesquelles un couple s'embrassait.
Des boucles de beau temps des printemps lézards
Une ronde de mères lumineuses
Retroussées et précises
Des dentelles d'aiguilles des touffes de sable
Des orages dénudant tous les nerfs du silence
Des oiseaux de diamant entre les dents d'un lit
Et d'une grande écriture charnelle j'aime.

*

Tant de rêves en l'air
Tant de fenêtres en boutons
Tant de femmes en herbe
Tant de trésors enfants
Et la justice enceinte
Des plus tendres merveilles
Des plus pures raisons

Et pourtant
Les heureux dans ce monde font un bruit de fléau

Des rires à perdre la tête
Des sanglots à perdre la vie
Les yeux la bouche comme des rides

Partout des taches de vertu
Partout des ombres à midi.

*

Colère miel qui dépérit
L'abri des flammes se consume
C'en est fini de voler au secours infâme des images d'hier
La perfection sylvestre la fine mangeoire du soleil
Les fondantes médailles de l'amour
Les visages qui sont des miettes de souhaits
Les enfants du lendemain le sommeil de ce soir
Les mots les plus fidèles
Tout porte de noires blessures

Même la femme qui me manque.

CE QUE DIT

L'HOMME DE PEINE EST TOUJOURS HORS DE PROPOS

Un hiver tout en branches et dur comme un cadavre
Un homme sur un banc dans une rue qui fuit la foule
Et que la solitude comble
Place à l'appareil banal du désespoir
À ses miroirs de plomb
À ses bains de cailloux
À ses statues croupissantes
Place à l'oubli du bien
Aux souvenirs en loques de la vérité
Lumière noire vieil incendie
Aux cheveux perdus dans un labyrinthe

Un homme qui s'est trompé d'étage de porte de clé
Pour mieux connaître pour mieux aimer

Où commence le paysage
À quelle heure
Où donc se termine la femme
Le soir se pose sur la ville
Le soir rejoint le promeneur dans son lit
Le promeneur nu
Moins gourmand d'un sein vierge
Que de l'étoile informe qui nourrit la nuit

Il y a des démolitions plus tristes qu'un sou
Indescriptibles et pourtant le soleil s'en évade en chantant
Pendant que le ciel danse et fait son miel
Il y a des murs déserts où l'idylle fleurit
Où le plâtre qui se découd
Berce des ombres confondues
Un feu rebelle un feu de veines
Sous la vague unique des lèvres
Prenez les mains voyez les yeux
Prenez d'assaut la vue

Derrière les palais derrière les décombres
Derrière les cheminées et les citernes
Devant l'homme
Sur l'esplanade qui déroule un manteau de poussière
Traîne de fièvre
C'est l'invasion des beaux jours
Une plantation d'épées bleues
Sous des paupières écloses dans la foule des feuilles
C'est la récolte grave du plaisir
La fleur de lin brise les masques
Les visages sont lavés
Par la couleur qui connaît l'étendue

Les jours clairs du passé
Leurs lions en barre et leurs aigles d'eau pure.
Leur tonnerre d'orgueil gonflant les heures
Du sang des aubes enchaînées
Tout au travers du ciel
Leur diadème crispé sur la masse d'un seul miroir
D'un seul cœur

Mais plus bas maintenant profondément parmi les routes abolies
Ce chant qui tient la nuit
Ce chant qui fait le sourd l'aveugle
Qui donne le bras à des fantômes
Cet amour négateur
Qui se débat dans les soucis
Avec des larmes bien trempées
Ce rêve déchiré désemparé tordu ridicule
Cette harmonie en friche
Cette peuplade qui mendie

Parce qu'elle n'a voulu que de l'or
Toute sa vie intacte
Et la perfection de l'amour.

TOUT AIGUISÉ DE SOIF

TOUT AFFAMÉ DE FROID

Une sublime chaleur bleue
S'appuie aux tempes des fenêtres

Belle alignée de plumes jusqu'aux limbes
La parfumée la rose adulte le pavot et la fleur vierge de
la torche
Pour composer la peau enrobée de femmes nues

Des vannes luisent dans la porte
Il faut passer malgré le tour câlin qu'a pris la lutte
Passer les coteaux les grands lits végétaux
Saupoudrés de soleil

Et continuer

L'orage de la belle saison est comme une main sans
doigts
Comme un chat dans un sac
Une fumée d'autruche annonce l'été tumultueux
Émaillé de poisons

Les soifs varient vont par des brumes dégradées
Jusqu'à l'auberge au flot
De pierres brûlantes à cheval sur des buveurs enragés.

ELLE SE FIT ÉLEVER UN PALAIS

QUI RESSEMBLAIT À UN ÉTANG DANS UNE FORÊT, CAR TOUTES LES APPARENCES RÉGLÉES DE LA LUMIÈRE ÉTAIENT ENFOUIES DANS DES MIROIRS. ET LE TRÉSOR DIAPHANE DE SA VERTU REPOSAIT AU FIN FOND DES ORS ET DES ÉMERAUDES, COMME UN SCARABÉE

Un taillis de nuages sur un rond-point solaire
Un navire chargé de paille sur un torrent de quartz
Une petite ombre qui me dépasse

Une femme plus petite que moi
Pesant autant dans la balance des pygmées
Qu'un cerveau d'hirondelle sur le vent contraire
Que la source à l'œil vague sur la marée montante

Un jour plus loin l'horizon ressuscite
Et montre au jour levant un jour qui n'en finissait plus
Le toit s'effondre pour laisser entrer le paysage
Haillons des murs pareils à des danses désuètes.
La fin maussade d'un duel à mort où naissent des retraites des cierges
La mise au tombeau comme on tue la vermine
Rire aux éclats une palette qui se constitue
La couleur brûle les étapes
Court d'éblouissements en aveuglements
Montre aux glaciers d'azur les pistes du sang

Le vent crie en passant roule sur ses oreilles
Le ciel éclatant joue dans le cirque vert
Dans un lac sonore d'insectes
Le verre de la vallée est plein d'un feu limpide et doux
Comme un duvet
Cherchez la terre
Cherchez les routes et les puits les longues veines souterraines
Les os de ceux qui ne sont pas mes semblables
Et que personne n'aime plus
Je ne peux pas deviner les racines
La lumière me soutient

Cherchez la nuit
Il fait beau comme dans un lit
Ardente la plus belle des filles adorantes
Se prosterne devant les statues endormies de son amant
Elle ne pense pas qu'elle dort
Il fait de plus en plus beau nuit et jour

La plus belle des amantes
Offre ses mains tendues
Par lesquelles elle vient de loin
Du bout du monde de ses rêves
Par des escaliers de frissons et de lune au galop
À travers des asphyxies de jungle
Des orages immobiles
Des frontières de ciguë
Des nuits amères
Des eaux livides et désertes
À travers des rouilles mentales
Et des murailles d'insomnie
Tremblante petite fille aux tempes d'amoureuse
Où les doigts des baisers s'appuient contre le cœur d'en haut
Contre une souche de tendresse
Contre la barque des oiseaux
La fidélité infinie
C'est autour de sa tête que tournent les heures sûres du lendemain
Sur son front les caresses tirent au clair tous les mystères
C'est de sa chevelure
De la robe bouclée de son sommeil
Que les souvenirs vont s'envoler
Vers l'avenir cette fenêtre nue

Une petite ombre qui me dépasse
Une ombre au matin.

FACILE

(1935)

Tu te lèves l'eau se déplie
Tu te couches l'eau s'épanouit

Tu es l'eau détournée de ses abîmes
Tu es la terre qui prend racine
Et sur laquelle tout s'établit

Tu fais des bulles de silence dans le désert des bruits
Tu chantes des hymnes nocturnes sur les cordes de
l'arc-en-ciel
Tu es partout tu abolis toutes les routes

Tu sacrifies le temps
À l'éternelle jeunesse de la flamme exacte
Qui voile la nature en la reproduisant

Femme tu mets au monde un corps toujours pareil
Le tien

Tu es la ressemblance.

L'ENTENTE

I

Au centre de la ville la tête prise dans le vide d'une place
Ne sachant pas ce qui t'arrête ô toi plus forte qu'une
  statue
Tu donnes à la solitude un premier gage
Mais c'est pour mieux la renier

T'es-tu déjà prise par la main
As-tu déjà touché tes mains
Elles sont petites et douces
Ce sont les mains de toutes les femmes
Et les mains des hommes leur vont comme un gant

Les mains touchent aux mêmes choses

Écoute-toi parler tu parles pour les autres
Et si tu te réponds ce sont les autres qui t'entendent
Sous le soleil au haut du ciel qui te délivre de ton ombre
Tu prends la place de chacun et ta réalité est infinie

Multiples tes yeux divers et confondus
Font fleurir les miroirs
Les couvrent de rosée de givre de pollen
Les miroirs spontanés où les aubes voyagent
Où les horizons s'associent

Le creux de ton corps cueille des avalanches
Car tu bois au soleil
Tu dissous le rythme majeur
Tu le redonnes au monde
Tu enveloppes l'homme.

*

Toujours en train de rire
Mon petit feu charnel
Toujours prête à chanter
Ma double lèvre en flammes

Les chemins tendres que trace ton sang clair
Joignent les créatures
C'est de la mousse qui recouvre le désert
Sans que la nuit jamais puisse y laisser d'empreintes ni
d'ornières
Belle à dormir partout à rêver rencontrée à chaque
instant d'air pur
Aussi bien sur la terre que parmi les fruits des bras des
jambes de la tête
Belle à désirs renouvelés tout est nouveau tout est futur
Mains qui s'étreignent ne pèsent rien
Entre des yeux qui se regardent la lumière déborde
L'écho le plus lointain rebondit entre nous

Tranquille sève nue
Nous passons à travers nos semblables
Sans nous perdre

Sur cette place absurde tu n'es pas plus seule
Qu'une feuille dans un arbre qu'un oiseau dans les airs
Qu'un trésor délivré.

II

Ou bien rire ensemble dans les rues
Chaque pas plus léger plus rapide
Nous sommes deux à ne plus compter sur la sagesse
Avoue le ciel n'est pas sérieux
Ce matin n'est qu'un jeu sur ta bouche de joie
Le soleil se prend dans sa toile

Nous conduisons l'eau pure et toute perfection
Vers l'été diluvien
Sur une mer qui a la forme et la couleur de ton corps
Ravie de ses tempêtes qui lui font robe neuve
Capricieuse et chaude
Changeante comme moi

Ô mes raisons le loir en a plus de dormir
Que moi d'en découvrir de valables à la vie
À moins d'aimer

En passe de devenir caresses
Tes rires et tes gestes règlent mon allure
Poliraient les pavés
Et je ris avec toi et je te crois toute seule

Tout le temps d'une rue qui n'en finit pas.

*

Nous avons fait la nuit je tiens ta main je veille
Je te soutiens de toutes mes forces
Je grave sur un roc l'étoile de tes forces
Sillons profonds où la bonté de ton corps germera
Je me répète ta voix cachée ta voix publique
Je ris encore de l'orgueilleuse
Que tu traites comme une mendiante
Des fous que tu respectes des simples où tu te baignes
Et dans ma tête qui se met doucement d'accord avec la
tienne avec la nuit
Je m'émerveille de l'inconnue que tu deviens
Une inconnue semblable à toi semblable à tout ce que
j'aime
Qui est toujours nouveau.

LES YEUX FERTILES

(1936)

On ne peut me connaître
Mieux que tu me connais

Tes yeux dans lesquels nous dormons
Tous les deux
Ont fait à mes lumières d'homme
Un sort meilleur qu'aux nuits du monde

Tes yeux dans lesquels je voyage
Ont donné aux gestes des routes
Un sens détaché de la terre

Dans tes yeux ceux qui nous révèlent
Notre solitude infinie
Ne sont plus ce qu'ils croyaient être

On ne peut te connaître
Mieux que je te connais.

Sans chansons depuis longtemps
Fleurs cultivées fleurs à vendre
Ô les belles vertus abstraites

On a beau se laver on ne se voit plus
Bien tranquille dormir dans un lit de cendres
À l'abri de tous les lendemains

Il n'y a plus de sortie
Plus de jour entre les maisons
À chaque fenêtre une blatte dort
Le bonheur a pris la mort pour enseigne

Les jeunes aux charmes renversants
Et les vieux aux chaînes puantes
Qu'ils se ressemblent
Les autres s'éveillent malgré eux
Leur front leur ventre sont ridés
Mais le feu les attire encore

Hors de tout sauf de la misère
Alerte ils ne veulent pas croire
À l'immobilité de leur sang.

*

Une foule toute noire qui va à reculons
La bêche entre dans le sol mou
Comme une fille fraîche dans des draps déjà chauds
La lune noie la nuit
Force reste pourtant aux preuves de la vie.

DURER

Une rafale une seule
D'horizon à horizon
Et ainsi sur toute la terre
Pour balayer la poussière
Les myriades de feuilles mortes
Pour dépouiller tous les arbres
Pour dévaster les cultures
Pour abattre les oiseaux
Pour éparpiller les vagues
Pour détruire les fumées
Pour rompre l'équilibre
Du soleil le plus chaud
Fuyante masse faiblesse
Monde qui ne pèse rien
Monde ancien qui m'ignore
Ombre affolée
Je ne serai plus libre que dans d'autres bras.

ÊTRE

Le front comme un drapeau perdu
Je te traîne quand je suis seul
Dans des rues froides
Des chambres noires
En criant misère

Je ne veux pas les lâcher
Tes mains claires et compliquées
Nées dans le miroir clos des miennes

Tout le reste est parfait
Tout le reste est encore plus inutile
Que la vie

Creuse la terre sous ton ombre

Une nappe d'eau près des seins
Où se noyer
Comme une pierre.

JE CROYAIS LE REPOS POSSIBLE

Une ruine coquille vide
Pleure dans son tablier
Les enfants qui jouent autour d'elle
Font moins de bruit que des mouches

La ruine s'en va à tâtons
Chercher ses vaches dans un pré
J'ai vu le jour je vois cela
Sans en avoir honte

Il est minuit comme une flèche
Dans un cœur à la portée
Des folâtres lueurs nocturnes
Qui contredisent le sommeil.

Ils n'étaient que quelques-uns
Sur toute la terre
Chacun se croyait seul
Ils chantaient ils avaient raison
De chanter
Mais ils chantaient comme on saccage
Comme on se tue

Nuit humide râpée
Allons-nous te supporter
Plus longtemps
N'allons-nous pas secouer
Ton évidence de cloaque
Nous n'attendrons pas un matin
Fait sur mesure
Nous voulions voir clair dans les yeux des autres
Leurs nuits d'amour épuisées
Ils ne rêvent que de mourir
Leurs belles chairs s'oublient
Pavanes en tournecœur
Abeilles prises dans leur miel
Ils ignorent la vie
Et nous en avons mal partout

Toits rouges fondez sous la langue
Canicule dans les lits pleins
Viens vider tes sacs de sang frais
Il y a encore une ombre ici
Un morceau d'imbécile là
Au vent leurs masques leurs défroques
Dans du plomb leurs pièges leurs chaînes
Et leurs gestes prudents d'aveugles

Il y a du feu sous roche
Pour qui éteint le feu

Prenez-y garde nous avons
Malgré la nuit qu'il couve
Plus de force que le ventre
De vos sœurs et de vos femmes
Et nous nous reproduirons
Sans elles mais à coups de hache
Dans vos prisons

Torrents de pierres labours d'écume
Où flottent des yeux sans rancune
Des yeux justes sans espoir
Qui vous connaissent
Et que vous auriez dû crever
Plutôt que de les ignorer

D'un hameçon plus habile que vos potences
Nous prendrons notre bien où nous voulons qu'il soit.

À PABLO PICASSO

I

Bonne journée j'ai revu qui je n'oublie pas
Qui je n'oublierai jamais
Et des femmes fugaces dont les yeux
Me faisaient une haie d'honneur
Elles s'enveloppèrent dans leurs sourires

Bonne journée j'ai vu mes amis sans soucis
Les hommes ne pesaient pas lourd
Un qui passait

Son ombre changée en souris
Fuyait dans le ruisseau

J'ai vu le ciel très grand
Le beau regard des gens privés de tout
Plage distante où personne n'aborde

Bonne journée journée qui commença mélancolique
Noire sous les arbres verts
Mais qui soudain trempée d'aurore
M'entra dans le cœur par surprise.

15 mai 1936

II

Montrez-moi cet homme de toujours si doux
Qui disait les doigts font monter la terre
L'arc-en-ciel qui se noue le serpent qui roule
Le miroir de chair où perle un enfant
Et ces mains tranquilles qui vont leur chemin
Nues obéissantes réduisant l'espace
Chargées de désirs et d'images
L'une suivant l'autre aiguilles de la même horloge

Montrez-moi le ciel chargé de nuages
Répétant le monde enfoui sous mes paupières
Montrez-moi le ciel dans une seule étoile
Je vois bien la terre sans être ébloui
Les pierres obscures les herbes fantômes
Ces grands verres d'eau ces grands blocs d'ambre des paysages
Les jeux du feu et de la cendre
Les géographies solennelles des limites humaines

Montrez-moi aussi le corsage noir
Les cheveux tirés les yeux perdus
De ces filles noires et pures qui sont d'ici de passage et
  d'ailleurs à mon gré
Qui sont de fières portes dans les murs de cet été
D'étranges jarres sans liquide toutes en vertus
Inutilement faites pour des rapports simples
Montrez-moi ces secrets qui unissent leurs tempes
À ces palais absents qui font monter la terre.

30 août 1936

LE FRONT COUVERT

Le battement de l'horloge comme une arme brisée
La cheminée émue où se pâme la cime
D'un arbre dernier éclairé

L'habituel vase clos des désastres
Des mauvais rêves
Je fais corps avec eux

Des ruines de l'horloge
Sort un animal abrupt désespoir du cavalier
À l'aube doublera l'écrevisse clouée
Sur la porte de ce refuge

Un jour de plus j'étais sauvé
On ne me brisait pas les doigts
Ni le rouge ni le jaune ni le blanc ni le nègre
On me laissait même la femme
Pour distinguer entre les hommes

On m'abandonnait au-dehors
Sur un navire de délices
Vers des pays qui sont les miens
Parce que je ne les connais pas

Un jour de plus je respirais naïvement
Une mer et des cieux volatils
J'éclipsais de ma silhouette
Le soleil qui m'aurait suivi

Ici j'ai ma part de ténèbres
Chambre secrète sans serrure sans espoir
Je remonte le temps jusqu'aux pires absences
Combien de nuits soudain
Sans confiance sans un beau jour sans horizon
Quelle gerbe rognée

Un grand froid de corail
Ombre du cœur
Ternit mes yeux qui s'entr'ouvrent
Sans donner prise au matin fraternel

Je ne veux plus dormir seul
Je ne veux plus m'éveiller
Perclus de sommeil et de rêves
Sans reconnaître la lumière
Et la vie au premier instant.

INTIMES

I

Tu glisses dans le lit
De lait glacé tes sœurs les fleurs

Et tes frères les fruits
Par le détour de leurs saisons
À l'aiguille irisée
Au flanc qui se répète
Tes mains tes yeux et tes cheveux
S'ouvrent aux croissances nouvelles
Perpétuelles

Espère espère espère
Que tu vas te sourire
Pour la première fois

Espère
Que tu vas te sourire
À jamais
Sans songer à mourir.

II

À toutes brides toi dont le fantôme
Piaffe la nuit sur un violon
Viens régner dans les bois
Les verges de l'ouragan
Cherchent leur chemin par chez toi
Tu n'es pas de celles
Dont on invente les désirs

Tes soifs sont plus contradictoires
Que des noyées

Viens boire un baiser par ici
Cède au feu qui te désespère.

III

Quel soleil dans la glace qui fait fondre un œuf
Quelle aubaine insensée le printemps tout de suite.

IV

Figure de force brûlante et farouche
Cheveux noirs où l'or coule vers le sud
Aux nuits corrompues
Or englouti étoile impure
Dans un lit jamais partagé

Aux veines des tempes
Comme aux bouts des seins
La vie se refuse
Les yeux nul ne peut les crever
Boire leur éclat ni leurs larmes
Le sang au-dessus d'eux triomphe pour lui seul

Intraitable démesurée
Inutile
Cette santé bâtit une prison.

V

Je n'ai envie que de t'aimer
Un orage emplit la vallée
Un poisson la rivière

Je t'ai faite à la taille de ma solitude
Le monde entier pour se cacher
Des jours des nuits pour se comprendre

Pour ne plus rien voir dans tes yeux
Que ce que je pense de toi
Et d'un monde à ton image

Et des jours et des nuits réglés par tes paupières.

LES MAINS LIBRES

(1937)

L'ARBRE-ROSE

L'année est bonne la terre enfle
Le ciel déborde dans les champs
Sur l'herbe courbe comme un ventre
La rosée brûle de fleurir.

LES SENS

Dévêtue et le front pur
Tu t'abats comme une hache
Étincelante et d'un poids
À faire se lever le plomb

Entends le rubis éclore
La turquoise se faner
Ta bouche séduit ton visage
Et ton corps peut venir
Battant comme un cœur.

MAIN ET FRUITS

Où sont la mûre et la prunelle
Lime varech âpres délices
Et l'enfance qui sait errer
Sur des épines plus petites
Que le bois ramassé pour rien
Où sont les noix
Dont on ne casse pas la coque
Où est la bête au manteau froid
La lie de la mort des fruits
Qui fertilisera les nèfles

Un vent très doux
S'affale sur les fleurs trop mûres
Azure le sein du cassis
S'enivre de l'odeur des coings

Est-ce la transparente mue
Qui déçoit les voleurs dans l'arbre
Va-t-on donner son sang pour rire

Le rêve manger l'immangeable
Sortir fier d'un palais penaud

LES YEUX STÉRILES

Elle est comme un bourgeon
L'espace de la flamme
Candide elle a l'arôme
D'amoureux enlacés.

BELLE MAIN

Ce soleil qui gémit dans mon passé
N'a pas franchi le seuil
De ma main de tes mains campagne
Où renaissaient toujours
L'herbe les fleurs des promenades
Les yeux toutes leurs heures
On s'est promis des paradis et des tempêtes
Notre image a gardé nos songes

Ce soleil qui supporte la jeunesse ancienne
Ne vieillit pas il est intolérable
Il me masque l'azur profond comme un tombeau
Qu'il me faut inventer
Passionnément
Avec des mots.

LA PLAGE

Tous devaient l'un à l'autre une nudité tendre
De ciel et d'eau d'air et de sable
Tous oubliaient leur apparence
Et qu'ils s'étaient promis de ne rien voir qu'eux-mêmes.

OÙ SE FABRIQUENT LES CRAYONS

La dernière l'hirondelle
À tresser une corbeille
Pour retenir la lumière
La dernière à dessiner
Cet œil déserté

Dans la paume du village
Le soir vient manger les graines
Du sommeil animal

Bonne nuit à la pensée

Et j'appelle le silence
Par son plus petit nom.

LES AMIS

Entre la porte et le sommeil de ceux qui, tout à l'heure, ne voulaient pas dormir — remâchaient un murmure plein de petits os, autant de mots de passe dans une veille fluide — un peuple dénaturé perpétue la présence humaine. Voici le liseron, la capucine, le volubilis, frais échappés d'un déjeuner de soleil, de beaux cuirs usés, des fourrures animées, des étoffes à reflet, des chaises, des outils actifs, justifiés, l'aspirine et le fer à friser, le miroir et le paysage en forme de carte à jouer.

Ceux qui dorment, chacun de leur côté, séparés par des murs immondes, verrouillés, intouchables, sont réunis par les images commodes que le monde extérieur leur a données d'eux-mêmes.

COURS NATUREL

(1938)

à Nusch

SANS ÂGE

Nous approchons
Dans les forêts
Prenez la rue du matin
Montez les marches de la brume

Nous approchons
La terre en a le cœur crispé

Encore un jour à mettre au monde.

*

Le ciel s'élargira
Nous en avions assez
D'habiter dans les ruines du sommeil
Dans l'ombre basse du repos
De la fatigue de l'abandon

La terre reprendra la forme de nos corps vivants
Le vent nous subira
Le soleil et la nuit passeront dans nos yeux
Sans jamais les changer

Notre espace certain notre air pur est de taille
À combler le retard creusé par l'habitude
Nous aborderons tous une mémoire nouvelle
Nous parlerons ensemble un langage sensible.

*

Ô mes frères contraires gardant dans vos prunelles
La nuit infuse et son horreur
Où vous ai-je laissés
Avec vos lourdes mains dans l'huile paresseuse
De vos actes anciens
Avec si peu d'espoir que la mort a raison
Ô mes frères perdus
Moi je vais vers la vie j'ai l'apparence d'homme
Pour prouver que le monde est fait à ma mesure

Et je ne suis pas seul
Mille images de moi multiplient ma lumière
Mille regards pareils égalisent la chair
C'est l'oiseau c'est l'enfant c'est le roc c'est la plaine
Qui se mêlent à nous
L'or éclate de rire de se voir hors du gouffre
L'eau le feu se dénudent pour une seule saison
Il n'y a plus d'éclipse au front de l'univers.

*

Mains par nos mains reconnues
Lèvres à nos lèvres confondues
Les premières chaleurs florales
Alliées à la fraîcheur du sang
Le prisme respire avec nous
Aube abondante
Au sommet de chaque herbe reine

Au sommet des mousses à la pointe des neiges
Des vagues des sables bouleversés
Des enfances persistantes
Hors de toutes les cavernes
Hors de nous-mêmes.

CŒUR À PIC

Le torrent son petit tonnerre
La forêt aux îles plus belles
Que les ailes des paradis
Les lampes éteintes des mares
Les mousses la nouvelle neige
Les joncs cambrés aux regards lisses
Les parfums des champs par bouffées
Le pain la poitrine en avant

Les nids ravagés des armoires
Les guenilles pâles du lit
Les palissades d'un piano
Qui n'est pas là depuis longtemps
Ma plume ce soutien débile
Le langage des fleurs du mur
Le portrait de Nusch sur la table
Imposant rythme couleurs santé
Aux cloches sourdes des paupières

Animaux sous le fouet volant
Du cirque qui gonfle ses toiles
Villages bien peuplés eau pleine
Air teinté d'ombres d'astres d'hommes
Feux des marins et des bergers
Rues et maisons tendues de feux

Lampes de pain enfants de feuilles
Pain des enfants parfum des femmes
Moulins des miroirs et des yeux
Îles des seins sillons des mots
Neige câline de la force
Mares fanées de la fatigue
Torrents d'animaux lourds de sang
Travail secret miel noir des songes
Trésors noués par des désastres
Sang commun sur toute la terre.

QUELQUES-UNS DES MOTS QUI, JUSQU'ICI, M'ÉTAIENT MYSTÉRIEUSEMENT INTERDITS

à André Breton

Le mot cimetière
Aux autres de rêver d'un cimetière ardent

Le mot maisonnette
On le trouve souvent
Dans les annonces des journaux dans les chansons
Il a des rides c'est un vieillard travesti
Il a un dé au doigt c'est un perroquet mûr

Pétrole
Connu par des exemples précieux
Aux mains des incendies

Neurasthénie un mot qui n'a pas honte
Une ombre de cassis entre deux yeux pareils

Le mot créole tout en liège sur du satin

Le mot baignoire qui est traîné
Par des chevaux parfaits plus laids que des béquilles

Sous la lampe ce soir charmille est un prénom
Et maîtrise un miroir où tout s'immobilise

Fileuse mot fondant hamac treille pillée

Olivier cheminée au tambour de lueurs
Le clavier des troupeaux s'assourdit dans la plaine

Forteresse malice vaine

Vénéneux rideau d'acajou

Guéridon grimace élastique

Cognée erreur jouée aux dés

Voyelle timbre immense
Sanglot d'étain rire de bonne terre

Le mot déclic viol lumineux
Éphémère azur dans les veines

Le mot bolide géranium à la fenêtre ouverte
Sur un cœur battant

Le mot carrure bloc d'ivoire
Pain pétrifié plumes mouillées

Le mot déjouer alcool flétri
Palier sans portes mort lyrique

Le mot garçon comme un îlot

Myrtille lave galon cigare
Léthargie bleuet cirque fusion
Combien reste-t-il de ces mots
Qui ne menaient à rien
Mots merveilleux comme les autres
Ô mon empire d'homme
Mots que j'écris ici
Contre toute évidence
Avec le grand souci
De tout dire.

UNE POUR TOUTES

La mieux connue l'aimée on la voit à peine
Mais sa suite surgit dans des robes ingrates
Pour prendre tout au corps et laisser tout au cœur

La première la seule elle est enfermée
Comme au fond du jour noir un faux soleil de foudres
Comme dans l'herbe fraîche un ruisseau persistant

La plus belle le rêve où la vue est vaine
Sans voile sans secret mais l'intime raison
Toutes les forces de ma vie sans un effort

Mais ses suivantes mais ses images en foule
Se coiffent gentiment et brûlent les pavés
Leurs seins lires mêlant la rue à l'éternel

Leurs charmes justifiant le seul amour possible.

OÙ EN ÉTAIS-JE

Il se fait tard le ciel quitte la chambre
Ce soir je vais vendre mes chèvres
Je marche derrière un troupeau
De clartés délicates
Les arbres qui me guident
Se ferment
Ils n'en sont que plus sûr
Ce soir je vais construire une nuit d'exception
La mienne
Informe comme le soleil
Toute en collines rondes sous des mains paysannes
Toute en perfection en oubli de moi-même

La danseuse immobile et le poids de ses jambes
Si j'allais l'embrasser
Ses complices frivoles tournent autour d'elles
Elles ondulent haut dans les linges du lustre
Je marquerai de noir le plancher et le toit
De noir et de repos d'absence de bonheur
Entre paume et paupière la foule du plaisir
Jusque dans le sommeil tient tout entière

Ce soir je ferai du feu dans la neige.

APRÈS MOI LE SOMMEIL

à Max Ernst

1

Au déclin de la force
Un feu très sombre déambule

2

J'entrai dans cet état qui joue sa fin

3

Corbeaux menus minuits rapaces
Dentelle à ternir tous les ors

4

Par brassées de murmures la lande et ses fantômes
Répétaient les discours dont je m'étourdissais

5

Lacs de cire et les chênes moisis
À l'odeur de cellier
Carré d'étoiles vertes
Les oiseaux desséchés
Prenaient des poses immortelles

6

Plusieurs douceurs entrevues
Toutes plus mignonnes
Que le cri de la fleur amie
Avaient fondu dans la nuit
Comme clés dans leur serrure
Comme boisson dans la chaleur

7

De l'autre côté des maisons invisibles
Au-delà du sommeil qui brouille les visages
De longues feuilles continuaient mon amertume
Sous leurs aisselles

8

Chemins ligneux
Chemins paralysés
Incohérents

9

Corbeaux menus et l'enfant noir
Ouvrit ses yeux de neige

10

Je me tournai le brouillard avec moi
Tourna

11

J'eus tout mon poids horizontal

12

Un rien de temps et ce sera le jour entier
La pierre mâche des semblants d'épées
Sur des charnières de verdure l'azur bat
La tête secoue son aurore
Un rien de temps et le soleil prête serment.

JARDIN PERDU

à Lise Deharme

Ce jardin donnait sur la mer
Gorge d'œillet
Il imitait le bruit de l'eau
On sous-entendait la forêt

Son cœur débitait l'air du large
En massifs calmes
Ses fleurs montaient à pas de feuilles
Vers les racines du jour tendre

Ce jardin donnait sur la terre
Ses caresses pesaient si peu
Que des allées en jaillissaient
D'elles-mêmes à chaque instant

Une gamme de perspectives
S'offrait aux courants de la vue
Et le soleil couleur d'avril
Animait un ciel végétal.

L'ÉTOILE DOUBLE

Beauté d'argent cinglant
Longtemps assise
Fatiguée
Jarrets fardés de rose
Tête cernée par un ciel faible finissant

Absurde glace obscure aux regards prisonniers
Servante d'agonie
Servante agonisante
Toute en heures d'absence
Toute en chansons trop basses
Lèvres noires et dents serrées
Servante du sommeil bonne à toute besogne
Pour vaincre le désir
Bête aux douceurs rognées
Je t'ai prise pour une femme
Je t'ai prise par la main
Tu m'as suivi nichée en joie
Parmi les rues les bois les champs

Les nuages les ruisseaux
Les arbres soupirs de la terre
M'étaient moins légers que toi.

PAROLES PEINTES

à Pablo Picasso

Pour tout comprendre
Même
L'arbre au regard de proue

L'arbre adoré des lézards et des lianes
Même le feu même l'aveugle

Pour réunir aile et rosée
Cœur et nuage jour et nuit
Fenêtre et pays de partout

Pour abolir
La grimace du zéro
Qui demain roulera sur l'or

Pour trancher
Les petites manières
Des géants nourris d'eux-mêmes

Pour voir tous les yeux réfléchis
Par tous les yeux

Pour voir tous les yeux aussi beaux
Que ce qu'ils voient
Mer absorbante

Pour que l'on rie légèrement
D'avoir eu chaud d'avoir eu froid
D'avoir eu faim d'avoir eu soif

Pour que parler
Soit aussi généreux
Qu'embrasser

Pour mêler baigneuse et rivière
Cristal et danseuse d'orage
Aurore et la saison des seins
Désirs et sagesse d'enfance

Pour donner à la femme
Méditative et seule
La forme des caresses
Qu'elle a rêvées

Pour que les déserts soient dans l'ombre
Au lieu d'être dans
Mon
Ombre

Donner
Mon
Bien
Donner
Mon
Droit.

ICI À UN COUPABLE

Œil ennemi des épines ta tristesse est entière
Apprends à dissimuler que la torture
Te fasse reculer les bornes du désert
Laisse à leurs bonnes œuvres les bourreaux hilares

À grands coups de chaleur dans l'été de ta soif
Qu'un soleil morne arrête les moulins
Courage égale bavardage
Que le piment des bons conseils pourrisse sur pied

La vieille boue est sèche ils ne peuvent saisir ces esclaves
Entre leurs doigts liés que ta poussière
Tu supportes le feu tu contredis l'espoir infâme
Seul demain est rival n'y pense pas tais-toi.

*

Garde-toi puis attaque
Sous des pavés de honte
Écrase comme un éphémère
Le front pur insoucieux
Le beau front quotidien
Fais jaillir sous le joug de ta lame inflexible
Un jet de sang dépaysé et grelottant

Voleur d'ennui voleur de joie l'ennui la joie
Sont sur la terre au niveau des bouquets
Qui parfument le champ des soumis et des morts
Change le rythme
Des larmes et des rires prêts à toute besogne
Sépare à tout jamais
Les navires en souffrance des navires dressés
Les perles inutiles de leurs coquilles pleines
Fais sentir aux monstres bénévoles
Pain bénit leur charogne

Au crible de la vie fais passer le ciel pur.

*

Aimer la peur des autres quand elle a l'éclat
Du bois tranché mouillé du miroir tailladé
Des nudités vivantes dans un éclair
De l'œuf jeté par l'astre du désir

Aimer à se venger pour se survivre.

POUR UN ORGUEIL MEILLEUR

Fais à cet homme de pardon une blessure
Plus profonde que la solitude

Crève ses yeux qui lui servaient à t'ignorer
Ses yeux plus dangereux que des sables mouvants

Livre ses fils aux fauves
Et ses songes aux fous
Qu'ils les digèrent.

*

De long en large comme une croix
S'étend ce qui est accepté

Portes-y le feu de ta haine.

NOVEMBRE 1936

Regardez travailler les bâtisseurs de ruines
Ils sont riches patients ordonnés noirs et bêtes
Mais ils font de leur mieux pour être seuls sur terre
Ils sont au bord de l'homme et le comblent d'ordures
Ils plient au ras du sol des palais sans cervelle.

*

On s'habitue à tout
Sauf à ces oiseaux de plomb
Sauf à leur haine de ce qui brille
Sauf à leur céder la place.

*

Parlez du ciel le ciel se vide
L'automne nous importe peu
Nos maîtres ont tapé du pied
Nous avons oublié l'automne
Et nous oublierons nos maîtres.

*

Ville en baisse océan fait d'une goutte d'eau sauvée
D'un seul diamant cultivé au grand jour
Madrid ville habituelle à ceux qui ont souffert
De cet épouvantable bien qui nie être en exemple
Qui ont souffert
De la misère indispensable à l'éclat de ce bien.

*

Que la bouche remonte vers sa vérité
Souffle rare sourire comme une chaîne brisée
Que l'homme délivré de son passé absurde
Dresse devant son frère un visage semblable

Et donne à la raison des ailes vagabondes.

LA VICTOIRE DE GUERNICA

1

Beau monde des masures
De la mine et des champs

2

Visages bons au feu visages bons au froid
Aux refus à la nuit aux injures aux coups

3

Visages bons à tout
Voici le vide qui vous fixe
Votre mort va servir d'exemple

4

La mort cœur renversé

5

Ils vous ont fait payer le pain
Le ciel la terre l'eau le sommeil
Et la misère
De votre vie

6

Ils disaient désirer la bonne intelligence
Ils rationnaient les forts jugeaient les fous
Faisaient l'aumône partageaient un sou en deux
Ils saluaient les cadavres
Ils s'accablaient de politesses

7

Ils persévèrent ils exagèrent ils ne sont pas de notre
monde

8

Les femmes les enfants ont le même trésor
De feuilles vertes de printemps et de lait pur
Et de durée
Dans leurs yeux purs

9

Les femmes les enfants ont le même trésor
Dans les yeux
Les hommes le défendent comme ils peuvent

10

Les femmes les enfants ont les mêmes roses rouges
Dans les yeux
Chacun montre son sang

11

La peur et le courage de vivre et de mourir
La mort si difficile et si facile

12

Hommes pour qui ce trésor fut chanté
Hommes pour qui ce trésor fut gâché

13

Hommes réels pour qui le désespoir
Alimente le feu dévorant de l'espoir
Ouvrons ensemble le dernier bourgeon de l'avenir

14

Parias la mort la terre et la hideur
De nos ennemis ont la couleur
Monotone de notre nuit
Nous en aurons raison.

DONNER À VOIR

(1939)

JUSTE MILIEU

CRÉPUSCULE

Désert vertical, le verrier creusait la terre, le fossoyeur voulait se pendre et dans la fumée de ma tête s'organisait l'oubli.

C'était l'heure entre chien et loup, entre suie et poix. Un joli vertige. Avant de disparaître, le ciel fit une grimace cornue. Je vivais, petit, tranquille, bien au chaud, car j'avais enchâssé ma précieuse fureur diurne dans la dure poitrine de mes ennemis vaincus.

ÉTÉ

C'est le matin que je voyage, c'est le matin que je souris aux femmes et aux enfants, que je travaille. L'accent posé sur le scandale.

Et souvent je bois du vin blanc, et parfois je mange un croissant.

GAIETÉ

Quelque suite dans les idées, et ce n'est pas assez dire ; un bras passé par la fenêtre : au revoir à qui vient d'arriver. Le très coquet caméléon de l'entendement ; verra en bleu ce qui tache le bleu, en bois le ciel défunt, en or le deuil des riches. Sa gaieté, pourtant, sur le ciel pur, est en bois vert et en or pur. Jusqu'aux éclats de rire de la confusion.

INSOMNIE

Je reculais lentement. Je devins inactif, improductif ; je devins intangible, invisible, incompréhensible. Une nuit encore, on m'illumina, faiblement ; puis ce fut la tombe, toute panachée de racines, d'animaux luisants, d'os. Personne ne s'en doutait, personne ne m'y suivit.

MORT

La mort vint toute seule, s'en alla toute seule et celui qui aimait la vie resta seul.

PAUVRE

C'est le mystère de l'air pur, celui du blé. C'est le mystère de l'orage, celui du pauvre. Dans les pauvres maisons, on aime le silence. On aime aussi le silence. Mais les enfants crient, les femmes pleurent, les hommes crient, la musique est horrible. On voudrait faire la moisson et l'on fait honte aux étoiles. Quel désordre noir, quelle pourriture, quel désastre ! Jetons ces langes au ruisseau, jetons nos femmes à la rue, jetons notre pain aux ordures, jetons-nous au feu ! jetons-nous au feu !

TOILETTE

Elle entra dans sa chambrette pour se changer, tandis que sa bouilloire chantait. Le courant d'air venant de la fenêtre claqua la porte derrière elle. Un court instant, elle polit sa nudité étrange, blanche et droite. Puis elle se glissa dans une robe de veuve.

UNIS

Une caverne dont l'entrée est au pied d'un rocher plus haut que moi, et qui sert lui-même de base à une montagne plus haute que toi. À quelques pas de l'entrée, on trouve une galerie par laquelle on arrive à une chambre où nous nous unissons, pied à pied, tête à tête.

VALET

« Ainsi faisions-nous, Excellence : lorsque notre pied avait rencontré la dernière marche enfouie dans les ténèbres, appuyés contre la porte de pierre des caveaux, notre regard ébloui remontait. Et Votre Excellence me demandait de lui expliquer, pour la centième fois, les raisons que nous avions d'être là, comme des taupes débusquées. »

YEUX

Mes yeux, objets patients, étaient à jamais ouverts sur l'étendue des mers où je me noyais. Enfin une écume blanche passa sur le point noir qui fuyait. Tout s'effaça.

CHANSON COMPLÈTE

(1939)

NOUS SOMMES

Tu vois le feu du soir qui sort de sa coquille
Et tu vois la forêt enfouie dans la fraîcheur

Tu vois la plaine nue aux flancs du ciel traînard
La neige haute comme la mer
Et la mer haute dans l'azur

Pierres parfaites et bois doux secours voilés
Tu vois des villes teintes de mélancolie
Dorée des trottoirs pleins d'excuses
Une place où la solitude a sa statue
Souriante et l'amour une seule maison

Tu vois les animaux
Sosies malins sacrifiés l'un à l'autre
Frères immaculés aux ombres confondues
Dans un désert de sang

Tu vois un bel enfant quand il joue quand il rit
Il est bien plus petit
Que le petit oiseau du bout des branches

Tu vois un paysage aux saveurs d'huile et d'eau
D'où la roche est exclue où la terre abandonne
Sa verdure à l'été qui la couvre de fruits

Des femmes descendant de leur miroir ancien
T'apportent leur jeunesse et leur foi en la tienne
Et l'une sa clarté la voile qui t'entraîne
Te fait secrètement voir le monde sans toi.

*

C'est avec nous que tout vivra

Bêtes mes vrais étendards d'or
Plaines mes bonnes aventures
Verdure utile villes sensibles
À votre tête viendront des hommes

Des hommes de dessous les sueurs les coups les larmes
Mais qui vont cueillir tous leurs songes

Je vois des hommes vrais sensibles bons utiles
Rejeter un fardeau plus mince que la mort
Et dormir de joie au bruit du soleil.

NULLE RUPTURE : LA LUMIÈRE ET LA CONSCIENCE M'ACCABLENT D'AUTANT DE MYSTÈRES, DE MISÈRES QUE LA NUIT ET LES RÊVES

Naissance de la nuit
Étoile de la rose

Secouant ses reflets
Voici dans un miroir
Qu'une lampe comme un matin d'hiver s'avance
Trébuchante
Bientôt brisée
Ayant laissé tomber sa toilette de fauve
La tempête la prend mourante au sein d'un fou
Roi des marais
Roi des brouillards
Qui chantait les vendanges d'une lune immense

Dans le four du miroir cuit le pain de la lampe
La peur de ne pouvoir conserver dans la nuit
Ce qui bouge et qui change
La peur de ne pouvoir vivre la nuit
Dans des draps éternels
Lumière propre aux rêves d'être malgré soi
Laborieux espoir de ne pas dire l'heure
Mais le temps innocent.

Aveugle imaginaire sans mémoire
Le fou dans l'ombre fidèle au sang
Aux flammes d'ombre
Œil de brouillard
Œil de marais
Albâtre mûr
Et les reflets de la chaleur
La lumière qui s'enferme
Fenêtre
Sous la peau du miroir bat le cœur de la lampe
Fenêtre
Hier encore
Des portraits
Étaient à la fenêtre
À guetter l'arrivée de la lumière reine
Fenêtre

Hier encore
Des portraits défendaient les murs de la maison
Barrant tous les chemins nocturnes du délire
Retenant le fou en proie au vertige
Parmi ses pierres

Choisir
Ou ce refuge sans couleurs
Ou le sable fin de la chute
Et le ruisseau de sang qui va s'éteindre
Et le ruisseau de nuit qui bercera sous terre
Des mains seules des yeux seuls
Le crâne comme une montagne
Que personne ne gravira

Ou ce refuge sans vertu
Qu'envoûte une lampe inutile
Cette inondation de rides de manies
De regards mornes partagés par un miroir infâme
Ces monotones pas du cœur dans l'avenir
Les peurs les doutes l'ignorance imperméable

Plus rien qu'un méchant crépuscule.

À L'OMBRE DE MA PORTE

Le dernier chant d'oiseau donne des ailes noires
Aux heures de silence aux heures de sommeil
Le dernier bec d'oiseau se ferme sur mon œil
Logis sans fondations sans murs d'où je rayonne

Je me souviens du redoutable océan de midi
Je me souviens de la campagne bâillonnée
Par le soleil duvet de plomb sur un orage d'or

Je vis bien en été la chaleur m'émerveille

Je me souviens de cette fille aux cheveux jaunes aux yeux gris
Le front les joues les seins baignés de verdure et de lune
De cette rue opaque et dure où le ciel pâle
Se creusait un chemin comme on creuse un baiser

Je me souviens des mouvements hésitants de mes songes
Sur des lits incertains et d'un corps de nuages
Sortait un corps violent couvert de désirs et de chaînes

La chaleur tour à tour m'isole et me dénude

Il n'y a de fête qu'ici
Dans cet œuf que la terre et le jour ont couvé
Le repos dans la nuit d'été.

POÈME PERPÉTUEL

De l'œil du doigt j'étudie des sourires
Le petit jour l'herbe endormie
Qui se lève à la vue des bêtes
La poitrine qui n'a plus faim
Qui n'a plus honte

La femme qui se fait complice
D'amours sans force et d'amours forcenées
La femme attentive à la vie
À la tempête d'un sanglot
À l'île verte du silence

De l'œil du doigt j'étudie des sourires
Je les reflète
Quels sont ces êtres caressants
Qui parlent selon mon repos
Sourires selon la rosée

Le soleil doux comme une taupe
Une boucle sur un front bas
La longue nuit immobile est rompue
Le beau masque désarçonné
La chaîne usée

Une feuille qui se déplie
Un sourire qui continue
Mes yeux mes doigts
Notre jeunesse tendrement
Fait naître l'aurore sur terre.

FIN D'UN MONSTRE

Il faut que tu te voies mourir
Pour savoir que tu vis encore
La mer est si haute et ton cœur bien bas
Fils de la terre mangeur de fleurs fruit de la cendre
Dans ta poitrine les ténèbres pour toujours couvrent le
ciel

Soleil lâche la corde les murs ne dansent plus
Soleil laisse aux oiseaux des voies impénétrables.

VERTUEUX SOLITAIRE

Je nommerai ton front
J'en ferai un bûcher au sommet de tes sanglots
Je nommerai reflet la douleur qui te déchire
Comme une épée dans un rideau de soie

Je t'abattrai jardin secret
Plein de pavots et d'eau précieuse
Je te ligoterai de mon fouet

Tu n'avais dans ton cœur que lueurs souterraines
Tu n'auras plus dans tes prunelles que du sang

Je nommerai ta bouche et tes mains les dernières
Ta bouche écho détruit tes mains monnaie de plomb
Je briserai les clés rouillées qu'elles commandent

Si je dois m'apaiser profondément un jour
Si je dois oublier que je n'ai pas su vaincre
Qu'au moins tu aies connu la grandeur de ma haine.

À PEINE UNE PART DE SOUFFLE

Nous de l'avenir
Pour un petit moment pensons au passé
Vertu pense au malheur
Mon passé mon présent
Nous n'en avons plus peur

Nous disions amour et c'était la vie
Parmi les tours et sur les plages de l'enfance

C'était un sang léger aérien
Et d'aveux en aveux nous devenions les autres
Plaisir faire plaisir
Nous inventions le feu
Jamais rien que le feu

Quand je parlais seul
Je disais amour et c'était la vie
Je parlais j'écoutais encore mon semblable
Les mille rames de son cœur fendaient ma chair
Je parlais
Je ne veux pas voir cette ombre au soleil
Donne-moi ma peine rends-moi mon souci
Je ne veux pas voir
Ce fardeau de pluie sur l'eau de ton front
Sur l'eau sans fond de notre union.

NE PAS ALLER AU CŒUR DES AUTRES : EN SORTIR

I

Monte descends je ne prends part qu'à ton plaisir
Idole pâquerette giroflée pervenche
Aime pour moi dresse les fleurs abats les fruits
Cerne les roses fais mûrir les pommes loin de l'arbre
Assouplis l'or de la longue rivière
Bon cœur verse la chair
Dans les formes que j'aime
Beaux yeux ordonnez la lumière
À travers toute vie nouvelle.

II

Ton corps chante son assurance
Tout vouloir tout pouvoir à jamais
Ton espoir calme était un trésor fabuleux
Ta fièvre lente armait un soleil bienveillant
Son cortège de flammes tendres
Et d'oiseaux adroits agiles légers
Le jour n'est pas vide tes mains
N'étaient pas vides

Ce n'est pas seulement ta force qui l'habite

Mais la gloire de lire un bonheur sans limites
Dans la simplicité des lignes du présent.

LES VAINQUEURS D'HIER PÉRIRONT

Front de fer front de singe
Ils perdront de vue la mer.

1

Des décombres soutiennent un agneau pourri
Les arbres aux pendus donnent couleur fraîcheur
Les diamants crus du jour polissent du sang dur

2

Ils ne rêvaient pas de combler leur tombe
De passer à la boue

3

Seul le feu pousse bien dans la terre des maîtres

4

Un visage amer
De lait bleu de miel noir
Confit dans la fièvre
Gelé de misère
Un visage sans honte
Un visage assiégé
Ouvrant de grands yeux
Vivants comme un peuple
Et qui sauront veiller à tout

5

Seul le feu pousse bien dans ces yeux malheureux

6

Veiller à tout à faire peur
À faire perdre pour avoir plus chaud au cœur

7

Mais nos désirs sont moins lancinants dans la nuit
Frères que cette étoile rouge
Qui gagne malgré tout du terrain sur l'horreur.

14 avril 1938

MÉDIEUSES

(1939)

JE NE SUIS PAS SEUL

Chargée
De fruits légers aux lèvres
Parée
De mille fleurs variées
Glorieuse
Dans les bras du soleil
Heureuse
D'un oiseau familier
Ravie
D'une goutte de pluie
Plus belle
Que le ciel du matin
Fidèle

Je parle d'un jardin
Je rêve

Mais j'aime justement.

MÉDIEUSES

I

Elle va s'éveiller d'un rêve noir et bleu
Elle va se lever de la nuit grise et mauve
Sa jambe est lisse et son pied nu
L'audace fait son premier pas

Au son d'un chant prémédité
Tout son corps passe en reflets en éclats
Son corps pavé de pluie armé de parfums tendres
Démêle le fuseau matinal de sa vie.

II

Près de l'aigrette du grand pont
L'orgueil au large
J'attends tout ce que j'ai connu
Comblée d'espace scintillant
Ma mémoire est immense

La bonté danse sur mes lèvres
Des haillons tièdes m'illuminent
Une route part de mon front

Proche et lointaine
La mer bondit et me salue
Elle a la forme d'une grappe
D'un plaisir mûr

*

J'aimais hier et j'aime encore
Je ne me dérobe à rien

Mon passé m'est fidèle
Le temps court dans mes veines.

III

Sous des poutres usées sous des plafonds stériles
Dans une vaste chambre petitement garnie
Les genoux ligotés confèrent qualité
À la ligne droite misérable

Ses cheveux pris au piège d'un miroir brisé
C'est sur la mousse de son front que l'eau roucoule
La dérive évasive d'un sourire entraîne
Sa dernière illusion vers un ciel disparu.

IV

Dans les parages de son lit rampe la terre
Et les bêtes de la terre et les hommes de la terre
Dans les parages de son lit
Il n'y a que champs de blé
Vignes et champs de pensées

La route est tracée sans outils
Les mains les yeux mènent au lit
À l'ardent secret révélé
Aux ombres taillées en songe

Délié des doigts de l'air l'élan
Le vase d'or d'un baiser

*

La gorge lourde et lente
Par mille gerbes balancée
Arrive aux fêtes de ses fleurs

Elle donne soif et faim

Son corps est un amoureux nu
Il s'échappe de ses yeux
Et la lumière noue la nuit la chair la terre
La lumière sans fond d'un corps abandonné
Et de deux yeux qui se répètent.

V

Mes sœurs prennent dans leurs toiles
Les cris et les plaintes des chiens
Moi je préfère me nourrir
De l'espoir d'une ardeur sans fin
Oranger noir armure blonde
Grisante abeille rire en course
Rire invisiblement masqué
Écorce d'aube aile étourdie
Nichée de feuilles débauchées
Jeune poison liane montagne
Sueur de nage fumée froide
Pas de géant danse battante
Front éternel paume parfaite
Puits en plein air essieu de vent
Monument vague flamant fou
Jeu sans perdant santé sans trous
Torche brûlant dans l'eau tour mixte
Martyr radieux aux angles vifs
Œil clair à travers honte et brume
Première neige réjouissante
Mérite de la solitude
Exil aux sources de la force.

VI

Où es-tu me vois-tu m'entends-tu
Me reconnaîtras-tu
Moi la plus belle moi la seule
Je tiens le flot de la rivière comme un violon
Je laisse passer les jours
Je laisse passer les bateaux les nuages
L'ennui est mort près de moi
Je tiens tous les échos d'enfance mes trésors
Avec des rires dans mon cou

*

Mon paysage est un bien grand bonheur
Et mon visage un limpide univers
Ailleurs on pleure des larmes noires
On va de caverne en caverne
Ici on ne peut pas se perdre
Et mon visage est dans l'eau pure je le vois
Chanter un seul arbre
Adoucir des cailloux
Refléter l'horizon
Je m'appuie contre l'arbre
Couche sur les cailloux
Sur l'eau j'applaudis le soleil la pluie
Et le vent sérieux

*

Où es-tu me vois-tu m'entends-tu
Je suis la créature de derrière le rideau
De derrière le premier rideau venu
Maîtresse des verdures malgré tout.

Et des plantes de rien
Maîtresse de l'eau maîtresse de l'air
Je domine ma solitude
Où es-tu
À force de rêver de moi le long des murs
Tu me vois tu m'entends
Et tu voudrais changer mon cœur
M'arracher au sein de mes yeux

*

J'ai le pouvoir d'exister sans destin
Entre givre et rosée entre oubli et présence

*

Fraîcheur chaleur je n'en ai pas souci
Je ferai s'éloigner à travers tes désirs
L'image de moi-même que tu m'offres
Mon visage n'a qu'une étoile

*

Il faut céder m'aimer en vain
Je suis éclipse rêve de nuit
Oublie mes rideaux de cristal

Je reste dans mes propres feuilles
Je reste mon propre miroir
Je mêle la neige et le feu
Mes cailloux ont ma douceur
Ma saison est éternelle.

VII

Et par la grâce de ta lèvre arme la mienne.

AU PREMIER MOT LIMPIDE

Au premier mot limpide au premier rire de ta chair
La route épaisse disparaît
Tout recommence

La fleur timide la fleur sans air du ciel nocturne
Des mains voilées de maladresse
Des mains d'enfant

Des yeux levés vers ton visage et c'est le jour sur terre
La première jeunesse close
Le seul plaisir

Foyer de terre foyer d'odeurs et de rosée
Sans âge sans raisons sans liens

L'oubli sans ombre.

LE LIVRE OUVERT, I

(1940)

« JE VEUX QU'ELLE SOIT REINE ! »

à Nusch

Un village une ville et l'écho de ma voix

L'oreille fascinée efface le silence
Écoute sur le toit les voleurs de beau temps
Gorgés de vent de pluie
Ils venaient de la mer ils allaient vers le ciel
Ils sont restés en route
Écoute pour apprendre à dire les raisons
De ce que tu entends

Dans la rue
D'un homme on en fait deux
Et de toutes les femmes on dégage l'unique
À qui je parle
À toi écoute je réponds
À toutes tes paroles aux premières aux dernières
Aux murmures aux cris à la source au sommet
Je te réponds mon amour sans limites

Un village une ville et l'écho de ta voix
Taillant les villages les villes les partageant
La grande règle
Ce qui est digne d'être aimé
Contre ce qui s'anéantit

Sans songer à d'autres soleils
Que celui qui brille en mes bras
Sans t'appeler d'un autre nom
Que notre amour
Je vis et règne entre des murs
Je vis et règne hors des murs
Sur les bois sur la mer sur les champs sur les monts
Et sur les yeux et sur les voix qui les répètent

Habitante d'un monde où sans toi je n'ai rien
Ton cœur qui déjà dort oublie tout sauf mon cœur
Dehors nos souvenirs nuits à flanc de journées
Agitent nos liens sans pouvoir les briser.

VIVRE

Nous avons tous deux nos mains à donner
Prenez ma main je vous conduirai loin

J'ai vécu plusieurs fois mon visage a changé
À chaque seuil à chaque main que j'ai franchis
Le printemps familial renaissait
Gardant pour lui pour moi sa neige périssable
La mort et la promise
La future aux cinq doigts serrés et relâchés

Mon âge m'accordait toujours
De nouvelles raisons de vivre par autrui
Et d'avoir en mon cœur le sang d'un autre cœur

Ah le garçon lucide que je fus et que je suis
Devant la blancheur des faibles filles aveugles
Plus belles que la lune blonde fine usée
Par le reflet des chemins de la vie
Chemin des mousses et des arbres
Du brouillard et de la rosée
Du jeune corps qui ne monte pas seul
À sa place sur terre
Le vent le froid la pluie le bercent
L'été en fait un homme

Présence ma vertu dans chaque main visible
La seule mort c'est solitude
De délice en furie de furie en clarté
Je me construis entier à travers tous les êtres
À travers tous les temps au sol et dans les nues
Saisons passantes je suis jeune
Et fort à force d'avoir vécu
Je suis jeune et mon sang s'élève sur mes ruines

Nous avons nos mains à mêler
Rien jamais ne peut mieux séduire
Que notre attachement l'un à l'autre forêt
Rendant la terre au ciel et le ciel à la nuit

À la nuit qui prépare un jour interminable.

CRIER

Ici l'action se simplifie
J'ai renversé le paysage inexplicable du mensonge
J'ai renversé les gestes sans lumière et les jours impuissants
J'ai par-dessus terre jeté les propos lus et entendus
Je me mets à crier
Chacun parlait trop bas parlait et écrivait
Trop bas

J'ai reculé les limites du cri

L'action se simplifie

Car j'enlève à la mort cette vue sur la vie
Qui lui donnait sa place devant moi

D'un cri

Tant de choses ont disparu
Que rien jamais ne disparaîtra plus
De ce qui mérite de vivre

Je suis bien sûr maintenant que l'été
Chante sous les portes froides
Sous des armures opposées
Les saisons brûlent dans mon cœur
Les saisons les hommes leurs astres
Tout tremblants d'être si semblables

Et mon cri nu monte une marche
De l'immense escalier de joie

Et ce feu nu qui m'alourdit
Me rend ma force douce et dure

Ainsi voici mûrir un fruit
Brûlant de froid givré de sueur
Voici la place généreuse
Où ne dorment que les rêveurs
Le temps est beau crions plus fort
Pour que les rêveurs dorment mieux
Enveloppés dans des paroles
Qui font le beau temps dans mes yeux

Je suis bien sûr qu'à tout moment
Aïeul et fils de mes amours
De mon espoir
Le bonheur jaillit de mon cri

Pour la recherche la plus haute
Un cri dont le mien soit l'écho.

MOURIR

Plus une plainte plus un rire
Le dernier chant s'est abattu
Sur la campagne informe et noire

Solitude aux hanches étroites
Marraine des trésors perdus
Il n'y a de murs que pour moi

Mille misères conjuguées
Peuvent faire le plus grand rêve
Mourir fortes mourir d'espoir

Moi mon image s'est fanée
Unique à sa propre lumière
J'oublie et je suis oublié

Entre les murs l'ombre est entière
Et je descends dans mon miroir
Comme un mort dans sa tombe ouverte.

MOURIR

Qui ne veut mourir s'affole
Qui se voit mort se console

Que sortira-t-il de toi
Quelle danseuse immobile
Blanche très exactement

Quelle mendiante d'été
Aux vertus encore vertes
Aux sourires suppliciés

Quelle belle aux gants pudiques
Aux mains vierges au front lisse
Quel jour quel regard quel songe

Aveugle aux ombres terrestres
Tu mourras les yeux ouverts.

Les pieds dans des souliers d'or fin
Les jambes dans l'argile froide
Debout les murs couverts de viandes inutiles
Debout les bêtes mortes
Voici qu'un tourbillon gluant
Fixe à jamais rides grimaces
Voici que les cercueils enfantent
Que les verres sont pleins de sable
Et vides
Voici que les noyés s'enfoncent
Le sang détruit
Dans l'eau sans fond de leurs espoirs passés

Feuille morte molle rancœur
Contre le désir et la joie
Le repos a trouvé son maître
Sur des lits de pierre et d'épines

La charrue des mots est rouillée
Aucun sillon d'amour n'aborde plus la chair
Un lugubre travail est jeté en pâture
À la misère dévorante
À bas les murs couverts des armes émouvantes
Qui voyaient clair dans l'homme
Des hommes noircissent de honte
D'autres célèbrent leur ordure
Les yeux les meilleurs s'abandonnent

Même les chiens sont malheureux.

PASSER

Le tonnerre s'est caché derrière des mains noires

Le tonnerre s'est pendu à la porte majeure
Le feu des fous n'est plus hanté le feu est misérable

L'orage s'est coulé dans le tombeau des villes
S'est bordé de fumées s'est couronné de cendres
Le vent paralysé écrase les visages

La lumière a gelé les plus belles maisons
La lumière a fendu le bois la mer les pierres
Le linge des amours dorées est en charpie

La pluie a renversé la lumière et les fleurs
Les oiseaux les poissons se mêlent dans la boue

La pluie a parcouru tous les chemins du sang
Effacé le dessin qui menait les vivants.

RENCONTRES

à Germaine et Georges Hugnet

I

Doux monstre tu tiens la mort dans ton bec
Doux monstre à tes seins perle le bon lait
Dans tes yeux heureux mes yeux malheureux
Vont faucher le blé tarir les fontaines
Détourner de toi les routes humaines.

II

Les ours cruels et ravissants
Nés le jour même de la guerre
Prononcent des vœux innocents.

III

La cellule du prisonnier
Qui n'était pas trop grande pour une araignée.

IV

Orvet fléau de la balance
Entre deux haines transparentes.

V

Attention tes plumes débordent
Tu trembles de ne pas voler.

VI

Me voici né quelle erreur
Dit l'ami chien pour toujours.

VII

Les champs roses verts et jaunes
Sont des insectes éclatants

Partis
De mon infini champ de mai.

VIII

Maisons et rues éteintes en mes oreilles
Je rêve de vous corbeaux qui chantez le silence

Corbeaux le bec enfariné
Si vieux
Qu'ils ne se savent plus au monde.

IX

Ici mille pies contrarient
Mille petites lunes diurnes.

X

Pour nous faire oublier le froid
Sur la neige un doigt dessina
La silhouette blonde d'un lion.

XI

Prenez garde à vos pattes
L'homme a les pieds en sang.

RÈGNES

I

Tôt sur la terre un gentil rire
Jeune fille aux durs sabots
Éclaire-nous de ta peau

Le soleil nu de ton visage
Mouvement de roue et de ruche
Pèse doux dans le jardin
De nos mains amoureuses.

II

La plus faible en ce bas monde
C'est la caprice la blonde.

III

Notre maison autour de ta beauté
Notre maison en or le jour
La nuit se vêt de velours noir
Toujours mêmes parfums de grand amour

Le feu dans de tendres caveaux
Y est taillé à mille faces
Riant d'un rire sans grimaces
Dénouant notre solitude

Ah que nous font les premiers les derniers
Tous nos pareils sont sur le même rang
Au large vivant de ce grand amour
Des fleurs et des graines de ta beauté.

IV

Ma foi en toi est si bien entourée
De terre et d'eau si bien couverte
De soleil frais et de nuit claire
Que je te vois rêver vivre et dormir
Avec tes yeux.

V

La douce chair recueillie aujourd'hui
Par grâce perd sa robe avant la nuit
Et la lumière en elle est perpétuée.

VI

La maison s'éleva comme un arbre fleurit
Sous les paumes du vent une aurore de briques
Tendit haut son filet de bouches réunies

Un mur gagnait un mur des chutes de lumière
Creusèrent leur chemin la sève circula
Le toit scella le ciel la fenêtre s'ouvrit.

VII

Construire il y a d'autres jeux
Sous l'herbe ardente cherche l'ombre
La terre encombre le jardin
Une mine de fleurs s'amasse.

VIII

Les fleurs les feuilles les épines
Redevinrent visibles
Les bourgeons et la rosée
Virent le jour

Sur le fleuve de mai
Une voile écarlate
Fit battre le pouls du vent

Sous couleur de vie et d'espace
Sous forme de légers nuages
Sans un frisson
Le sein de l'aube consentait.

IX

Jeune arbre idole mince et nue
Unique source caresse haute.

X

Sur un pré blanc des nuages blancs
Descendent corriger la terre
L'azur est à peine plus fort
Tous les regards vont s'éclaircir
Délivrer la nature blanche.

XI

Il fait une nuit de moineaux
Que le feu déchire et dévore.

LE LIVRE OUVERT, II

(1941)

MES HEURES

Je fus homme je fus rocher
Je fus rocher dans l'homme homme dans le rocher
Je fus oiseau dans l'air espace dans l'oiseau
Je fus fleur dans le froid fleuve dans le soleil
Escarboucle dans la rosée

Fraternellement seul fraternellement libre.

I

Tout au long des branches
Mes feuilles renaissent
Mon chemin est couronné
De bien-être ensoleillé.

II

Pauvre chaleur grande lumière
Regard s'éclairant du dehors

Petite terre feu sublime
Qui nourrit la vue au lointain.

III

Sur l'herbe j'oublie ma terre
Ma voix a changé d'espoir
Fleurs et bêtes tremblent dans l'air
Où retentit le premier chant.

IV

Le froid le ciel diluent le vent
Le soleil blanc me fait sourire
Comme un filet d'eau
Fait sourire un pré.

V

Ma fenêtre aux belles plumes
Allume la porte sèche
Et je verse l'innocence
Sur la tête de mon chien.

VI

Retraite brouillée
De l'herbe charnue
Du ciel clair reflux
De la sève des routes.

VII

Que je vive pour que l'arbre
Ne perde pas ses feuilles
Pour que le cœur de l'eau batte
Pour que le jour revienne.

VIII

L'astre ou l'aube voir ou toucher
Les visages qui se marient
Suivre d'un trait illuminé
Le cours d'un masque variable.

IX

Un pilier entre douze
S'est abattu splendeur
D'un habit porté
Une seule fois.

X

Je n'ai pas de mémoire
Et je suis maladroit
Autour du lit fatal
Chaque objet est nouveau.

XI

Amertume écume morte
L'ombre comble le fossé

Glacé qui coupe le monde
Je défends la part gagnée.

XII

Je t'enferme chaque soir
Flamme naine souveraine
De l'humide maison noire

Tu me rends à mon espace
À la forme de mon corps.

BLASON DES FLEURS ET DES FRUITS

à Jean Paulhan

À mi-chemin du fruit tendu
Que l'aube entoure de chair jeune
Abandonnée
De lumière indéfinie
La fleur ouvre ses portes d'or

Pomme pleine de frondaisons
Perle morte au temps du désir

Rose pareille au parricide
Descend de la toile du fond
Et tout en flammes s'évapore

Groseille de mendicité
Dahlia moulin foyer du vent
Quetsche taillée dans une valse
Tulipe meurtrie par la lune

Alise veuve de caresses
Colchique veilleuse nacrée
Nèfle castor douce paupière
Pensée immense aux yeux du paon

Marguerite l'écho faiblit
Un sourire accueillant s'effeuille

Noué rouillé comme un falot
Et cahotant comme un éclair
Le coing réserve sa saveur

Goyave clou de la paresse
Muguet l'orgueil du maître pauvre
Prunelle épiant le front du lynx
Tubéreuse agneau des sentiers

Poire le fer de la folie
Anémone carnier d'hiver
Citron porteur de plâtre et d'encre
Narcisse porteur de nuées

Dans le filet des violettes
La fraise adore le soleil

Raisin grenier des politesses
Tour nue et froide jeu hautain

Glycine robe de fumée
Œillet complice de la rue
Châtaigne une foule pillarde
Brise l'émail des sans remords

Digitale cristal soyeux
Lilas lèvres multipliées

Amarante hache repue
Brugnon exilé jusqu'aux ongles

Myrtille cigale invisible
Clochette de poussière intime

Mûre fuyant entre les ronces
Aster tout saupoudré de guêpes

Orange sur un tableau noir
Muraille de l'enfer du blé

Souci la route est achevée
Cytise les joncs se délassent
Jacinthe la rainette rêve
Nigelle le portail s'abat

Chrysanthème cheval brutal
Sauge bague de mousseline
Figue corail d'un faux tombeau
Pêche colonne de rosée

Pavot traîné par des infirmes
Reflet de fête sans repos

Noisette aux ciseaux enfantins
Détachant le gourmand de l'arbre

Iris aux mains de la marée
Passiflore livrée aux hommes
Clématite jeunesse comble
Chèvrefeuille biche au galop

Zinnia bouclier de douleurs
Manteau de plaies manteau d'erreurs

Ananas prêchant l'avalanche
Bruyère mangeant le renard
Qui refuse une proie facile
Et pour le loup souffle dans l'herbe

À menacer le ciel le lis
Use le tain de son miroir

Le sein courbé vers un baiser
Le jasmin se gonfle de lait

Capucine rideau de sable
Bergamote berceau de miel
Renoncule théâtre blanc
Pamplemousse l'œil de la cible

Banane le parc à refrains
Résonne de chansons nouvelles

Verveine chevalet fragile
Grenade rocher d'allégresse
Ancolie vierge inanimée
Olive paume de faïence

Cassis inscrit au cœur des jungles
Bouchant de son sang noir leurs veines

Seringa masque de l'aveugle
Écorce de la nuit d'été

Églantine vin du matin
Sapotille ordonnée ardente
Primevère ivresse d'argile
Mandarine métal d'injures

Datura roi honteux d'avoir
Régné sans dire son secret

Argémone ombre déliée
Abricot gerbe de fortune
Orchidée chaîne de désastres
Amande golfe de tendresse

Lavande bonnet du berger
Tempes fines et boucles blondes

Giroflée boussole endormie
Cerise cuve de candeurs

Sur une bouche négligente
Bien passé l'âge de raison
Le phlox sera un gros village

Le trèfle une poule pondeuse
Le pourpier une empreinte obscure
L'aubépine écluse une fugue

La mangue sera une alliance
La datte une pierre soumise
La mirabelle une alouette
Et la framboise une bouée

Pour le destin de l'immortelle
La fleur faite comme une morte
La piètre fleur de perfection.

*

Fleurs à l'haleine colorée
Fruits sans détours câlins et purs
Fleurs récitantes passionnées

Fruits confidents de la chaleur
J'ai beau vous unir vous mêler
Aux choses que je sais par cœur
Je vous perds le temps est passé
De penser en dehors des murs.

BLASON DES ARBRES

à Yvonne Zervos

Bouche folle ou sage
Il te faut parler
Bouche ouverte ou close
Il te faut rêver
Plus haut que ton souffle

Paroles paroles pendues
Aux plumes vérités des nids

Entre les branches dessinées
Du mur sans fin de la forêt
Les étoiles des œufs s'amassent

C'est le bouleau la coquille
Et les roues fusées en ailes

De douces devenant subtiles
Les bouches tremblent de savoir
Légère brise sur les îles

Et mille plages c'est l'aune
Ou le saule sans rupture
La caresse s'éternise
Dans ce globe de verdure
Piétiné par les oiseaux

Il a plu sur les acacias
Poitrines que la fraîcheur mêle
Seins libérés des jours des heures
Tempes marquant un pas fidèle
Grand'route éprouvant son pouvoir

Une autre nuit que notre nuit
La chaleur aveuglante et crue
Sûre de retrouver sa force
Entre les doigts entre les bras
Entre les membres du platane

C'est le cyprès sur les tombeaux
Et pour tout dire il faut mentir
Les mots les morts découronnés
Plongent leur ombre dans son ombre
Sans sortir d'un sommeil de pierre

Vite comblez-moi cette ornière
Car une autre ornière vous guette
Le plus bel astre perd racine
La nuit vous moulera la tête
L'if en flammes n'allume rien

Le sapin aux lèvres dures
Le pin qui sait bien se taire
Le noyer à son ouvrage
Le tilleul à son parfum
Comme un sourd à son silence

L'arbre en cercle des voyages
L'arbre des sentiers communs
L'arbre d'émail roux et blanc
L'arbre aux lianes bouillonnantes
L'arbre des maisons en ruines

Le hêtre aux paniers troués
Le frêne aux épaules calmes
L'orme redoutable aux hommes
Le prisme du peuplier
Et le saule au bout d'un fil

L'orage honnête s'épuise
À contredire l'espace
Qu'ils se chargent de combler
L'aune envoûte la rivière
Le charme adoucit le chêne

Le chêne adoucit l'amour
Ses os orientent ses veines
Le miel dort dans sa fourrure
Et la houle de la mousse
Recouvre ses vieilles graines

L'océan tout est préservé
C'est la cloche le chêne sonne

Le vent fait battre son cœur
Chaque vague chaque feuille
Change voit clair et rayonne

Les ailes ont quitté le corps
De la forêt l'arbre s'envole

Il règne de la terre au ciel
Il s'éclaircit il prend des forces
Il chante et peuple le désert

Un plus tendre bois
Un miroir plus vert
Une seule voix

Reflètent l'azur
Sous toutes ses faces.

LES EXCELLENTS MOMENTS

à Francis Poulenc

De velours et d'orange la maison sensée
D'argent détruit de cuir de planches
La maison accueillante

Quatre murs pleins de grâce et gravés à l'aiguille
Ouvrant leurs yeux visionnaires
Sous le front du plafond

Plantes et fleurs toutes à l'heure et gorgées d'air
De sève et de graines ardentes
La seule route de la force
Passe par notre repos

Sous la mousse du ciel notre toit nous accorde
Des mots légers des rires d'ambre
Et le chant d'un grand feu rêveur
Mûrit entre nos paupières.

SE CONFONDRAIENT

Je t'aide à enjamber les haies
À ne pas suivre les sentiers
À ne rien céder de nos rêves

Nous oublions le sable mou
La mer épaisse le ciel bas
Les heures lourdes de patience
Et ces distances dans le noir
Qui sont un défi à ton front

Notre soleil nous a livré
Sa chaude chair de liberté
Nous embrassons la bouche bleue
L'odeur le souffle la clarté
Du champ le plus mystérieux

Et dans ta bouche nos paroles
Comme l'air pur dans ta poitrine
Fondent les cloches du plaisir.

POUR UN ENFANT NU

Les tapis les propos roulés dans leur poussière
La famille mariée en immense toilette
Les cavaliers du rire enfouis dans leur galop
Et l'enfant sans sommeil cassant comme une vitre.

LES REQUINS AU SOLEIL

Les requins attardés dans la dernière eau pure
Le germe de blé noir qui fixe le soleil
La roue au pied du temple ambulant de midi
Et les pauvres qui sont des quinquets sur le mur.

LIMITE

Le corail imprévu de la fureur d'attendre
Les forêts sont en cage et la rosée est bue
Rancune j'oublierai j'aurai d'autres ivresses
Mais quelle vie les mains fermées sur une absence.

PATIENCE

Toi ma patiente ma patience ma parente
Gorge haut suspendue orgue de la nuit lente
Révérence cachant tous les ciels dans sa grâce
Prépare à la vengeance un lit d'où je naîtrai.

TOUTE LA VIE

À l'origine de mes forces ma mémoire
De tout son poids brille sur l'herbe de l'enfance
Herbe déserte herbe d'azur sans un pas d'homme
Où les jours moins les jours n'ont pas laissé de nuit.

LE DROIT LE DEVOIR DE VIVRE

Il n'y aurait rien
Pas un insecte bourdonnant
Pas une feuille frissonnante
Pas un animal léchant ou hurlant
Rien de chaud rien de fleuri
Rien de givré rien de brillant rien d'odorant
Pas une ombre léchée par la fleur de l'été
Pas un arbre portant des fourrures de neige
Pas une joue fardée par un baiser joyeux
Pas une aile prudente ou hardie dans le vent
Pas un coin de chair fine pas un bras chantant
Rien de libre ni de gagner ni de gâcher
Ni de s'éparpiller ni de se réunir
Pour le bien pour le mal
Pas une nuit armée d'amour ou de repos
Pas une voix d'aplomb pas une bouche émue
Pas un sein dévoilé pas une main ouverte
Pas de misère et pas de satiété
Rien d'opaque rien de visible
Rien de lourd rien de léger
Rien de mortel rien d'éternel

Il y aurait un homme
N'importe quel homme
Moi ou un autre
Sinon il n'y aurait rien.

POÉSIE ET VÉRITÉ 1942

(1942)

LIBERTÉ

Sur mes cahiers d'écolier
Sur mon pupitre et les arbres
Sur le sable sur la neige
J'écris ton nom

Sur toutes les pages lues
Sur toutes les pages blanches
Pierre sang papier ou cendre
J'écris ton nom

Sur les images dorées
Sur les armes des guerriers
Sur la couronne des rois
J'écris ton nom

Sur la jungle et le désert
Sur les nids sur les genêts
Sur l'écho de mon enfance
J'écris ton nom

Sur les merveilles des nuits
Sur le pain blanc des journées
Sur les saisons fiancées
J'écris ton nom

Sur tous mes chiffons d'azur
Sur l'étang soleil moisi
Sur le lac lune vivante
J'écris ton nom

Sur les champs sur l'horizon
Sur les ailes des oiseaux
Et sur le moulin des ombres
J'écris ton nom

Sur chaque bouffée d'aurore
Sur la mer sur les bateaux
Sur la montagne démente
J'écris ton nom

Sur la mousse des nuages
Sur les sueurs de l'orage
Sur la pluie épaisse et fade
J'écris ton nom

Sur les formes scintillantes
Sur les cloches des couleurs
Sur la vérité physique
J'écris ton nom

Sur les sentiers éveillés
Sur les routes déployées
Sur les places qui débordent
J'écris ton nom

Sur la lampe qui s'allume
Sur la lampe qui s'éteint
Sur mes maisons réunies
J'écris ton nom

Sur le fruit coupé en deux
Du miroir et de ma chambre
Sur mon lit coquille vide
J'écris ton nom

Sur mon chien gourmand et tendre
Sur ses oreilles dressées
Sur sa patte maladroite
J'écris ton nom

Sur le tremplin de ma porte
Sur les objets familiers
Sur le flot du feu béni
J'écris ton nom

Sur toute chair accordée
Sur le front de mes amis
Sur chaque main qui se tend
J'écris ton nom

Sur la vitre des surprises
Sur les lèvres attentives
Bien au-dessus du silence
J'écris ton nom

Sur mes refuges détruits
Sur mes phares écroulés
Sur les murs de mon ennui
J'écris ton nom

Sur l'absence sans désir
Sur la solitude nue
Sur les marches de la mort
J'écris ton nom

Sur la santé revenue
Sur le risque disparu
Sur l'espoir sans souvenir
J'écris ton nom

Et par le pouvoir d'un mot
Je recommence ma vie
Je suis né pour te connaître
Pour te nommer

Liberté.

BIENTÔT

De tous les printemps du monde
Celui-ci est le plus laid
Entre toutes mes façons d'être
La confiante est la meilleure

L'herbe soulève la neige
Comme la pierre d'un tombeau
Moi je dors dans la tempête
Et je m'éveille les yeux clairs

Le lent le petit temps s'achève
Où toute rue devait passer
Par mes plus intimes retraites
Pour que je rencontre quelqu'un

Je n'entends pas parler les monstres
Je les connais ils ont tout dit
Je ne vois que les beaux visages
Les bons visages sûrs d'eux-mêmes

Sûrs de ruiner bientôt leurs maîtres.

DIMANCHE APRÈS-MIDI

S'enlaçaient les domaines voûtés d'une aurore grise dans un pays gris, sans passions, timide,

S'enlaçaient les cieux implacables, les mers interdites, les terres stériles,

S'enlaçaient les galops inlassables de chevaux maigres, les rues où les voitures ne passaient plus, les chiens et les chats mourants,

S'auréolaient de pâleur charmante les femmes, les enfants et les malades aux sens limpides,

S'auréolaient les apparences, les jours sans fin, jours sans lumière, les nuits absurdes,

S'auréolait l'espoir d'une neige définitive, marquant au front la haine,

S'épaississaient les astres, s'amincissaient les lèvres, s'élargissaient les fronts comme des tables inutiles,

Se courbaient les sommets accessibles, s'adoucissaient les plus fades tourments, se plaisait la nature à ne jouer qu'un rôle,

Se répondaient les muets, s'écoutaient les sourds, se regardaient les aveugles,

Dans ces domaines confondus où même les larmes n'avaient plus que des miroirs boueux, dans ce pays éternel qui mêlait les pays futurs, dans ce pays où le soleil allait secouer ses cendres.

DOUTER DU CRIME

Une seule corde une seule torche un seul homme
Étrangla dix hommes
Brûla un village
Avilit un peuple

La douce chatte installée dans la vie
Comme une perle dans sa coquille
La douce chatte a mangé ses petits.

COUVRE-FEU

Que voulez-vous la porte était gardée

Que voulez-vous nous étions enfermés

Que voulez-vous la rue était barrée

Que voulez-vous la ville était matée

Que voulez-vous elle était affamée

Que voulez-vous nous étions désarmés

Que voulez-vous la nuit était tombée

Que voulez-vous nous nous sommes aimés.

LA DERNIÈRE NUIT

I

Ce petit monde meurtrier
Est orienté vers l'innocent
Lui ôte le pain de la bouche
Et donne sa maison au feu
Lui prend sa veste et ses souliers
Lui prend son temps et ses enfants

Ce petit monde meurtrier
Confond les morts et les vivants
Blanchit la boue gracie les traîtres
Transforme la parole en bruit.

Merci minuit douze fusils
Rendent la paix à l'innocent
Et c'est aux foules d'enterrer
Sa chair sanglante et son ciel noir
Et c'est aux foules de comprendre
La faiblesse des meurtriers.

II

Le prodige serait une légère poussée contre le mur
Ce serait de pouvoir secouer cette poussière

Ce serait d'être unis.

III

Ils avaient mis à vif ses mains courbé son dos
Ils avaient creusé un trou dans sa tête
Et pour mourir il avait dû souffrir
Toute sa vie.

IV

Beauté créée pour les heureux
Beauté tu cours un grand danger

Ces mains croisées sur tes genoux
Sont les outils d'un assassin

Cette bouche chantant très haut
Sert de sébile au mendiant

Et cette coupe de lait pur
Devient le sein d'une putain.

V

Les pauvres ramassaient leur pain dans le ruisseau
Leur regard couvrait la lumière
Et ils n'avaient plus peur la nuit

Très faibles leur faiblesse les faisait sourire
Dans le fond de leur ombre ils emportaient leur corps
Ils ne se voyaient plus qu'à travers leur détresse
Ils ne se servaient plus que d'un langage intime
Et j'entendais parler doucement prudemment
D'un ancien espoir grand comme la main

J'entendais calculer
Les dimensions multipliées de la feuille d'automne
La fonte de la vague au sein de la mer calme
J'entendais calculer
Les dimensions multipliées de la force future.

VI

Je suis né derrière une façade affreuse
J'ai mangé j'ai ri j'ai rêvé j'ai eu honte
J'ai vécu comme une ombre
Et pourtant j'ai su chanter le soleil
Le soleil entier celui qui respire
Dans chaque poitrine et dans tous les yeux
La goutte de candeur qui luit après les larmes.

VII

Nous jetons le fagot des ténèbres au feu
Nous brisons les serrures rouillées de l'injustice
Des hommes vont venir qui n'ont plus peur d'eux-mêmes
Car ils sont sûrs de tous les hommes
Car l'ennemi à figure d'homme disparaît.

AU RENDEZ-VOUS ALLEMAND

(1942-1945)

AVIS

La nuit qui précéda sa mort
Fut la plus courte de sa vie
L'idée qu'il existait encore
Lui brûlait le sang aux poignets
Le poids de son corps l'écœurait
Sa force le faisait gémir
C'est tout au fond de cette horreur
Qu'il a commencé à sourire
Il n'avait pas UN camarade
Mais des millions et des millions
Pour le venger il le savait
Et le jour se leva pour lui.

COURAGE

Paris a froid Paris a faim
Paris ne mange plus de marrons dans la rue
Paris a mis de vieux vêtements de vieille

Paris dort tout debout sans air dans le métro
Plus de malheur encore est imposé aux pauvres
Et la sagesse et la folie
De Paris malheureux
C'est l'air pur c'est le feu
C'est la beauté c'est la bonté
De ses travailleurs affamés
Ne crie pas au secours Paris
Tu es vivant d'une vie sans égale
Et derrière la nudité
De ta pâleur de ta maigreur
Tout ce qui est humain se révèle en tes yeux
Paris ma belle ville
Fine comme une aiguille forte comme une épée
Ingénue et savante
Tu ne supportes pas l'injustice
Pour toi c'est le seul désordre
Tu vas te libérer Paris
Paris tremblant comme une étoile
Notre espoir survivant
Tu vas te libérer de la fatigue et de la boue
Frères ayons du courage
Nous qui ne sommes pas casqués
Ni bottés ni gantés ni bien élevés
Un rayon s'allume en nos veines
Notre lumière nous revient
Les meilleurs d'entre nous sont morts pour nous
Et voici que leur sang retrouve notre cœur
Et c'est de nouveau le matin un matin de Paris
La pointe de la délivrance
L'espace du printemps naissant
La force idiote a le dessous
Ces esclaves nos ennemis
S'ils ont compris
S'ils sont capables de comprendre
Vont se lever.

« UN PETIT NOMBRE D'INTELLECTUELS FRANÇAIS S'EST MIS AU SERVICE DE L'ENNEMI »

Épouvantés épouvantables
L'heure est venue de les compter
Car la fin de leur règne arrive

Ils nous ont vanté nos bourreaux
Ils nous ont détaillé le mal
Ils n'ont rien dit innocemment

Belles paroles d'alliance
Ils vous ont voilées de vermine
Leur bouche donne sur la mort

Mais voici que l'heure est venue
De s'aimer et de s'unir
Pour les vaincre et les punir.

LES SEPT POÈMES D'AMOUR EN GUERRE

J'écris dans ce pays où l'on parque les hommes
Dans l'ordure et la soif, le silence et la faim...

FRANÇOIS LA COLÈRE*
Le musée Grévin

I

Un navire dans tes yeux
Se rendait maître du vent
Tes yeux étaient le pays
Que l'on retrouve en un instant

Patients tes yeux nous attendaient

Sous les arbres des forêts
Dans la pluie dans la tourmente
Sur la neige des sommets
Entre les yeux et les jeux des enfants

Patients tes yeux nous attendaient

Ils étaient une vallée
Plus tendre qu'un seul brin d'herbe
Leur soleil donnait du poids
Aux maigres moissons humaines

Nous attendaient pour nous voir
Toujours
Car nous apportions l'amour
La jeunesse de l'amour
Et la raison de l'amour
La sagesse de l'amour
Et l'immortalité.

* Nom sous lequel Aragon signait ses poèmes pendant la Résistance.

II

Jour de nos yeux mieux peuplés
Que les plus grandes batailles

Villes et banlieues villages
De nos yeux vainqueurs du temps

Dans la fraîche vallée brûle
Le soleil fluide et fort

Et sur l'herbe se pavane
La chair rose du printemps

*

Le soir a fermé ses ailes
Sur Paris désespéré
Notre lampe soutient la nuit
Comme un captif la liberté.

III

La source coulant douce et nue
La nuit partout épanouie
La nuit où nous nous unissons
Dans une lutte faible et folle

*

Et la nuit qui nous fait injure
La nuit où se creuse le lit
Vide de la solitude
L'avenir d'une agonie.

IV

C'est une plante qui frappe
À la porte de la terre
Et c'est un enfant qui frappe
À la porte de sa mère
C'est la pluie et le soleil
Qui naissent avec l'enfant
Grandissent avec la plante
Fleurissent avec l'enfant

J'entends raisonner et rire.

*

On a calculé la peine
Qu'on peut faire à un enfant
Tant de honte sans vomir
Tant de larmes sans périr

Un bruit de pas sous la voûte
Noire et béate d'horreur
On vient déterrer la plante
On vient avilir l'enfant

Par la misère et l'ennui.

V

Le coin du cœur disaient-ils gentiment
Le coin d'amour et de haine et de gloire
Répondions-nous et nos yeux reflétaient
La vérité qui nous servait d'asile

Nous n'avons jamais commencé
Nous nous sommes toujours aimés
Et parce que nous nous aimons
Nous voulons libérer les autres
De leur solitude glacée
Nous voulons et je dis je veux
Je dis tu veux et nous voulons
Que la lumière perpétue
Des couples brillants de vertu
Des couples cuirassés d'audace
Parce que leurs yeux se font face

Et qu'ils ont leur but dans la vie des autres.

VI

Nous ne vous chantons pas trompettes
Pour mieux vous montrer le malheur
Tel qu'il est très grand très bête
Et plus bête d'être entier

Nous prétendions seule la mort
Seule la terre nous limite
Mais maintenant c'est la honte
Qui nous mure tout vivants

Honte du mal illimité
Honte de nos bourreaux absurdes
Toujours les mêmes toujours
Les mêmes amants d'eux-mêmes

Honte des trains de suppliciés
Honte des mots terre brûlée
Mais nous n'avons pas honte de notre souffrance
Mais nous n'avons pas honte d'avoir honte

Derrière les guerriers fuyards
Même plus ne vit un oiseau
L'air est vide de sanglots
Vide de notre innocence

Retentissant de haine et de vengeance.

VII

Au nom du front parfait profond
Au nom des yeux que je regarde
Et de la bouche que j'embrasse
Pour aujourd'hui et pour toujours

Au nom de l'espoir enterré
Au nom des larmes dans le noir
Au nom des plaintes qui font rire
Au nom des rires qui font peur

Au nom des rires dans la rue
De la douceur qui lie nos mains
Au nom des fruits couvrant les fleurs
Sur une terre belle et bonne

Au nom des hommes en prison
Au nom des femmes déportées
Au nom de tous nos camarades
Martyrisés et massacrés
Pour n'avoir pas accepté l'ombre

Il nous faut drainer la colère
Et faire se lever le fer
Pour préserver l'image haute
Des innocents partout traqués
Et qui partout vont triompher.

D'UN SEUL POÈME
ENTRE LA VIE ET LA MORT

à Jacques Grou-Radenez

As-tu bien vu ton semblable
Comme il profite de tout
Il a la tête brillante
Il a la tête enflammée
Sous un masque de soleil
Sous un doux masque d'or double
Ses yeux sont des roses chaudes
Car ton semblable a bon cœur

Il t'a montré le chemin
Vers la grille et vers la clé
Vers la porte à dépasser
Vers ta femme et tes enfants
Vers la place des visages
Il te rend la liberté

Mais je rêve et j'en ai honte
L'on va t'imposer la mort
La mort légère et puante
Qui ne répond qu'à la mort
Tout va d'un lieu grondant de vie vers le désert
La source de ton sang s'atténue disparaît
Nos ennemis ont besoin de tuer
Ils ont besoin d'être nos ennemis

Il n'y a rien d'essentiel à détruire
Qu'un homme après un homme
Il n'y a rien d'essentiel à créer

Que la vie tout entière en un seul corps
Que le respect de la vie et des morts
Qui sont morts pour la vie
Comme toi mon semblable
Qui n'as rien fait que de haïr la mort.

À CELLE DONT ILS RÊVENT

Neuf cent mille prisonniers
Cinq cent mille politiques
Un million de travailleurs

Maîtresse de leur sommeil
Donne-leur des forces d'homme
Le bonheur d'être sur terre
Donne-leur dans l'ombre immense
Les lèvres d'un amour doux
Comme l'oubli des souffrances

Maîtresse de leur sommeil
Fille femme sœur et mère
Aux seins gonflés de baisers
Donne-leur notre pays
Tel qu'ils l'ont toujours chéri
Un pays fou de la vie

Un pays où le vin chante
Où les moissons ont bon cœur
Où les enfants sont malins
Où les vieillards sont plus fins
Qu'arbres à fruits blancs de fleurs
Où l'on peut parler aux femmes

Neuf cent mille prisonniers
Cinq cent mille politiques
Un million de travailleurs

Maîtresse de leur sommeil
Neige noire des nuits blanches
À travers un feu exsangue
Sainte Aube à la canne blanche
Fais-leur voir un chemin neuf
Hors de leur prison de planches

Ils sont payés pour connaître
Les pires forces du mal
Pourtant ils ont tenu bon
Ils sont criblés de vertus
Tout autant que de blessures
Car il faut qu'ils se survivent

Maîtresse de leur repos
Maîtresse de leur éveil
Donne-leur la liberté
Mais garde-nous notre honte
D'avoir pu croire à la honte
Même pour l'anéantir.

COMPRENNE QUI VOUDRA

En ce temps-là pour ne pas châtier les coupables, on maltraitait des filles. On allait même jusqu'à les tondre.

Comprenne qui voudra
Moi mon remords ce fut
La malheureuse qui resta

Sur le pavé
La victime raisonnable
À la robe déchirée
Au regard d'enfant perdue
Découronnée défigurée
Celle qui ressemble aux morts
Qui sont morts pour être aimés

Une fille faite pour un bouquet
Et couverte
Du noir crachat des ténèbres

Une fille galante
Comme une aurore de premier mai
La plus aimable bête

Souillée et qui n'a pas compris
Qu'elle est souillée
Une bête prise au piège
Des amateurs de beauté

Et ma mère la femme
Voudrait bien dorloter
Cette image idéale
De son malheur sur terre.

GABRIEL PÉRI

Un homme est mort qui n'avait pour défense
Que ses bras ouverts à la vie
Un homme est mort qui n'avait d'autre route
Que celle où l'on hait les fusils
Un homme est mort qui continue la lutte
Contre la mort contre l'oubli

Car tout ce qu'il voulait
Nous le voulions aussi
Nous le voulons aujourd'hui
Que le bonheur soit la lumière
Au fond des yeux au fond du cœur
Et la justice sur la terre

Il y a des mots qui font vivre
Et ce sont des mots innocents
Le mot chaleur le mot confiance
Amour justice et le mot liberté
Le mot enfant et le mot gentillesse
Et certains noms de fleurs et certains noms de fruits
Le mot courage et le mot découvrir
Et le mot frère et le mot camarade
Et certains noms de pays de villages
Et certains noms de femmes et d'amis
Ajoutons-y Péri
Péri est mort pour ce qui nous fait vivre
Tutoyons-le sa poitrine est trouée
Mais grâce à lui nous nous connaissons mieux
Tutoyons-nous son espoir est vivant.

CHANT DU FEU
VAINQUEUR DU FEU

Ce feu prenait dans la chair
Et l'aube était son égale
Ce feu prenait dans les mains
Dans le regard dans la voix
Il me faisait avancer
Et je brûlais le désert

Et je caressais ce feu
Feu de terre et de terreur
Contre les terreurs de la nuit
Contre les terreurs de la cendre
Un feu comme une ligne droite
Un feu fatal dans les ténèbres
Comme un pas dans la poussière
Un feu vocal et capital
Qui criait par-dessus les toits

Au feu la mort

Ce feu prenait dans la chair
Ce feu s'en prenait aux chaînes
Aux chaînes et aux murs aux bâillons aux serrures
Aux aveugles aux larmes
Aux naissances infirmes
À la mort que j'avais méchamment mise au monde
Un feu qui s'attaquait aux étoiles éteintes
Aux ailes chues aux fleurs fanées
Un feu qui s'attaquait aux ruines
Un feu qui réparait les désastres du feu
Sans ombres sans victimes
Buisson de sang et d'air
Moisson de cris sublimes
Et moisson de rayons
Dans la fronde d'un hymne

Un feu sans créateur

Derrière lui la rosée
Derrière lui le printemps
Derrière lui des enfants
Qui font croire à tous les hommes
À leur cœur indivisible
À leur cœur immaculé
Un feu clair jusqu'à l'essence

De toutes les formes nues
Un feu clair dans le filet
Des lueurs et des couleurs
Feu de vue et de parole
Caresse perpétuelle
Amour espoir de nature
Connaissance par l'espoir
Rêve où rien n'est inventé

Rêve entier vertu du feu.

LES VENDEURS D'INDULGENCE

Ceux qui ont oublié le mal au nom du bien
Ceux qui n'ont pas de cœur nous prêchent le pardon
Les criminels leur sont indispensables
Ils croient qu'il faut de tout pour faire un monde.

*

Écoutez-les ils prêchent haut
Nul n'ose plus les faire taire
Ils ont des droits écoutez-les
Écoutez cet écho d'hier

Qu'il résiste ou qu'il capitule
Un général en vaut un autre
Des Français habillés de vert
Sont quand même de fiers soldats
De bons canons pour l'ennemi
Sont quand même de bons canons
Et plus il possède d'esclaves
Plus le maître a de raisons d'être.

*

Les femmes d'Auschwitz les petits enfants juifs
Les terroristes à l'œil juste les orages
Ne pouvaient pas savoir par quel hideux miracle
La clémence serait ardemment invoquée.

*

Il n'y a pas de pierre plus précieuse
Que le désir de venger l'innocent

Il n'y a pas de ciel plus éclatant
Que le matin où les traîtres succombent

Il n'y a pas de salut sur la terre
Tant que l'on peut pardonner aux bourreaux.

FAIRE VIVRE

Ils étaient quelques-uns qui vivaient dans la nuit
En rêvant du ciel caressant
Ils étaient quelques-uns qui aimaient la forêt
Et qui croyaient au bois brûlant
L'odeur des fleurs les ravissait même de loin
La nudité de leurs désirs les recouvrait

Ils joignaient dans leur cœur le souffle mesuré
À ce rien d'ambition de la vie naturelle
Qui grandit dans l'été comme un été plus fort

Ils joignaient dans leur cœur l'espoir du temps qui vient
Et qui salue même de loin un autre temps
À des amours plus obstinées que le désert

Un tout petit peu de sommeil
Les rendait au soleil futur
Ils duraient ils savaient que vivre perpétue

Et leurs besoins obscurs engendraient la clarté.

*

Ils n'étaient que quelques-uns
Ils furent foule soudain

Ceci est de tous les temps.

LE LIT LA TABLE

(1944)

LES SENS

Rien sinon cette clarté
La clarté de ce matin
Qui te mènera sur terre

La clarté de ce matin
Une aiguille dans du satin
Une graine dans le noir
Œil ouvert sur un trésor

Sous les feuilles dans tes paumes
Le jeu grisant des aumônes
Chaudes
Le grand risque des refus
Blêmes

Sur les routes du hasard
Le Mur dur perdra ses pierres

La clarté de ce matin
Dévêtus de tous mes regards tes seins
Tous les parfums d'un bouquet

De la violette au jasmin
En passant par le soleil
En passant par la pensée

Le bruit de la mer le bruit des galets
La mousse et l'odeur de la fleur du bois
Le miel l'odeur du pain chaud
Duvet des oiseaux nouveaux

La clarté de ce matin
La flamme qui t'enfanta
Qui naît bleue et meurt en herbe
Premier regard premier sang

Dans un champ de chair touchante
Les premiers mots du bonheur
Rafraîchissent leur ferveur
Sous des voiles de rosée

Et le ciel est sur tes lèvres.

AVEC TOI

Je tiens la rue comme un verre
Plein de lumière enchantée
Plein de paroles légères
Et de rires sans raison
Le plus beau fruit de la terre

Les promeneurs sont de paille
Les oiseaux d'absence bleue
Une fille étroite et pâle
Toujours aussi soucieuse
Ne manque pas d'apparaître

Petite fille ancienne
Elle justifie mes rêves
Elle cède à mes désirs
Et veille reflet d'enfance
Sur le flot d'or de la rue.

SANS TOI

Le soleil des champs croupit
Le soleil des bois s'endort
Le ciel vivant disparaît
Et le soir pèse partout

Les oiseaux n'ont qu'une route
Toute d'immobilité
Entre quelques branches nues
Où vers la fin de la nuit
Viendra la nuit de la fin
L'inhumaine nuit des nuits

Le froid sera froid en terre
Dans la vigne d'en dessous
Une nuit sans insomnie
Sans un souvenir du jour
Une merveille ennemie
Prête à tout et prête à tous
La mort ni simple ni double

Vers la fin de cette nuit
Car nul espoir n'est permis
Car je ne risque plus rien.

FRESQUE

I

J'étais celui qui se promène
Le nez en l'air
Avec son chien le nez par terre
J'étais aussi celui qui cueille des violettes
Et qui se fait des baguettes
Pour faucher les hautes herbes
Je jouais je criais
Je m'attaquais aux fillettes
Mes mains petites et légères
Ne connaissaient que leur mystère

La mort n'avait jamais
Tranché de rien je l'ignorais
Elle ne passait pas encore par mes oreilles
La vie était parfaite.

II

Le buisson où la bête est vraie
La bataille où la bête est fausse

La campagne où la terre est belle
La caverne où la terre est laide

Le pays où le bonheur gagne
Le désert où la mort s'impose

La nuit où l'homme se soumet
La nuit où l'homme se libère

La nuit où l'homme fait le jour.

JUNGLE

La prison pendait lamentablement
La prison dormait
D'implacables négresses glissaient dans les tentures
Descendaient les torrents
Ardente laine en vrac menée par la nuit lourde
Ainsi qu'en barque à peine adroite une aventure

La prison petit bois des îles
Aux confins du linge humide
De la sueur de la peur
Corne penchée sur les femmes
Et sous la voûte au cœur sombre

Sur les femmes dansant fines
Leurs seins nus cachant l'été
Le ciel où le drapeau de l'été est planté
Dans la prison des paroles à vif
Des paroles aujourd'hui fortes et dangereuses
Des paroles demain fortes et exigeantes
Justes nous triomphons distraits nous périssons

Mais rire sous couleur de ne pas prendre feu
Rire au seul souvenir des femmes
Chaudes et veuves dans la nuit molle.

Ils ignoraient
Que la beauté de l'homme est plus grande que l'homme

Ils vivaient pour penser ils pensaient pour se taire
Ils vivaient pour mourir ils étaient inutiles
Ils recouvraient leur innocence dans la mort

Ils avaient mis en ordre
Sous le nom de richesse
Leur misère leur bien-aimée

Ils mâchonnaient des fleurs et des sourires
Ils ne trouvaient de cœur qu'au bout de leur fusil

Ils ne comprenaient pas les injures des pauvres
Des pauvres sans soucis demain

Des rêves sans soleil les rendaient éternels
Mais pour que le nuage se changeât en boue
Ils descendaient ils ne faisaient plus tête au ciel

Toute leur nuit leur mort leur belle ombre misère
Misère pour les autres

Nous oublierons ces ennemis indifférents
Une foule bientôt
Répétera la claire flamme à voix très douce
La flamme pour nous deux pour nous seuls patience
Pour nous deux en tout lieu le baiser des vivants.

SEULE

à Gérard Vulliamy

Tout se résout dit-elle en s'éveillant
Car le sommeil m'a donné à penser
Et ma mémoire est un fruit savoureux
Plus savoureux que le soleil nouveau
Qui doucement éclaire mes draps chauds

Mémoire et même du désert et du silence

Joli désert où la mort est légion
Le cœur parcelle et le temps dispersion
Silence noir où tout se contredit

Elle s'éveille et ses yeux ne sont plus
Ces Îles loin à l'horizon du corps
On y pénètre on y chante on y rit
Le jour bâillonne le silence.

CRITIQUE DE LA POÉSIE

Le feu réveille la forêt
Les troncs les cœurs les mains les feuilles
Le bonheur en un seul bouquet
Confus léger fondant sucré
C'est toute une forêt d'amis
Qui s'assemble aux fontaines vertes
Du bon soleil du bois flambant

Garcia Lorca a été mi à mort

Maison d'une seule parole
Et des lèvres unies pour vivre
Un tout petit enfant sans larmes
Dans ses prunelles d'eau perdue
La lumière de l'avenir
Goutte à goutte elle comble l'homme
Jusqu'aux paupières transparentes

Saint-Pol-Roux a été mis à mort
Sa fille a été suppliciée

Ville glacée d'angles semblables
Où je rêve de fruits en fleur
Du ciel entier et de la terre
Comme à de vierges découvertes
Dans un jeu qui n'en finit pas
Pierres fanées murs sans écho
Je vous évite d'un sourire

Decour a été mis à mort.

EN AVRIL 1944 :
PARIS RESPIRAIT ENCORE !

(1945)

EN AVRIL 1944 : PARIS RESPIRAIT ENCORE !

Nous descendions vers le fleuve fidèle : ni son flot ni nos yeux n'abandonnaient Paris.

Non pas ville petite, mais enfantine et maternelle.

*

Ville au travers de tout comme un sentier d'été, plein de fleurs et d'oiseaux, comme un baiser profond plein d'enfants souriants, plein de mères fragiles.

Non pas ville ruinée, mais ville compliquée, marquée par sa nudité.

*

Ville entre nos poignets comme un lien rompu, entre nos yeux comme un œil déjà vu, ville répétée comme un poème.

Ville ressemblante.

*

Vieille ville... Entre la ville et l'homme, il n'y avait même plus l'épaisseur d'un mur.

Ville de la transparence, ville innocente.

*

Il n'y avait plus, entre l'homme seul et la ville déserte, que l'épaisseur d'un miroir.

Il n'y avait plus qu'une ville aux couleurs de l'homme terre et chair, sang et sève.

*

Le jour qui joue dans l'eau la nuit qui meurt sur terre
Le rythme de l'air pur est plus fort que la guerre.

Ville à la main tendue et tout le monde de rire et tout le monde de jouir, ville exemplaire.

*

Nul ne put briser les ponts qui nous menaient au sommeil et du sommeil à nos rêves et de nos rêves à l'éternité.

Ville durable où j'ai vécu notre victoire sur la mort.

LINGÈRES LÉGÈRES

(1945)

UN CORPS

De ce côté c'est l'été
La musique à la volière
La langue au palais d'oiseaux
La rivière à la sorcière
Dont le flot brûle entre mes mains

Est-elle brune
À la chair dure
Marquée de bleu
Très dure dorée de force
Une tulipe le soir
Des caresses de raisin

Est-elle blanche
Tendre rousse et orangée
Que la chaleur affaiblit
Herbe claire perle inerte
Toute une plage timide
Tombée d'un ciel de coton

Nul jeu ne nous divertit
Nos armes ont peu d'espace
C'est un bel été sans voiles
Le lourd devoir de l'été.

AUBE

Le soleil qui court sur le monde
J'en suis certain comme de toi
Le soleil met la terre au monde

Un sourire au-dessus des nuits
Sur le visage dépouillé
D'une dormeuse rêvant d'aube

Le grand mystère du plaisir
Cet étrange tournoi de brumes
Qui nous enlève ciel et terre

Mais qui nous laisse l'un à l'autre
Faits l'un pour l'autre à tout jamais
Ô toi que j'arrache à l'oubli

Ô toi que j'ai voulue heureuse.

POUR L'EXEMPLE

N'est-ce pas depuis toujours
Que les jours sont sans amour
Chaque aurore impardonnable

Chaque caresse vilaine
Et chaque rire une injure
Je m'entends et tu m'entends
Hurler comme un chien perdu
Contre notre solitude
Notre amour a plus besoin
D'amour que l'herbe de pluie

Il faut qu'il soit un miroir.

ANNEAU DE PAIX

J'ai passé les portes du froid
Les portes de mon amertume
Pour venir embrasser tes lèvres

Ville réduite à notre chambre
Où l'absurde marée du mal
Laisse une écume rassurante

Anneau de paix je n'ai que toi
Tu me réapprends ce que c'est
Qu'un être humain quand je renonce

À savoir si j'ai des semblables.

UN RÊVE OÙ TOUT EST INVENTÉ

à Luc Decaunes

Dans la brume des statues se dessinent
Molles et dorées molles et charnelles
Elles prennent l'air
Étoiles fondues d'humaines étoiles
Dans le linge simple et blanc du matin

Des statues douces comme des fruits blets
Ayant conservé leur forme sacrée
Leur écœurement leur fièvre cachée
Leur souffle torride
Au mépris d'un arbre éteint par l'hiver

Boire est en l'honneur
D'un jour envahi dès la première heure
Velours des statues mouillé de vin doux
Les faveurs nouées des bras et des cous
Sont à la santé d'une aile immobile

Corps délibérés rêves satisfaits
Immense repos vaste nudité
D'une chair hostile à la chair des bêtes
Sans frissons sans rien que l'angle majeur
Du règne établi

Ce qu'il faut voir à travers ce dédale
Du temps non vécu
C'est l'œil de l'herbe et quelques doigts de terre
Pour justifier le plomb de l'azur vert
Le pur fardeau d'un geste vers les astres.

POÉSIE ININTERROMPUE

(1946)

. . . .

Rien ne peut déranger l'ordre de la lumière
Où je ne suis que moi-même
Et ce que j'aime
Et sur la table
Ce pot plein d'eau et le pain du repos
Au fil des mains drapées d'eau claire
Au fil du pain fait pour la main friande
De l'eau fraîche et du pain chaud
Sur les deux versants du jour

Aujourd'hui lumière unique
Aujourd'hui l'enfance entière
Changeant la vie en lumière
Sans passé sans lendemain
Aujourd'hui rêve de nuit
Au grand jour tout se délivre
Aujourd'hui je suis toujours

Je serai la première et la seule sans cesse
Il n'y a pas de drame il n'y a que mes yeux
Qu'un songe tient ouverts

Ma chair est ma vertu
Elle multiplie mon image

Je suis ma mère et mon enfant
En chaque point de l'éternel
Mon teint devient plus clair mon teint devient plus sombre
Je suis mon rayon de soleil
Et je suis mon bonheur nocturne

Tous les mots sont d'accord
La boue est caressante
Quand la terre dégèle
Le ciel est souterrain
Quand il montre la mort
Le soir est matinal
Après un jour de peine

Mais l'homme
L'homme aux lentes barbaries
L'homme comme un marais
L'homme à l'instinct brouillé
À la chair en exil
L'homme aux clartés de serre
Aux yeux fermés l'homme aux éclairs
L'homme mortel et divisé
Au front saignant d'espoir
L'homme en butte au passé
Et qui toujours regrette
Isolé quotidien
Dénué responsable

Savoir vieillir savoir passer le temps

Savoir régner savoir durer savoir revivre
Il rejeta ses draps il éclaira la chambre

Il ouvrit les miroirs légers de sa jeunesse
Et les longues allées qui l'avaient reconduit

Être un enfant être une plume à sa naissance
Être la source invariable et transparente
Toujours être au cœur blanc une goutte de sang
Une goutte de feu toujours renouvelée

Mordre un rire innocent mordre à même la vie
Rien n'a changé candeur rien n'a changé désir
L'hiver j'ai mon soleil il fait fleurir ma neige
Et l'été qui sent bon a toutes les faiblesses

L'on m'aimera car j'aime par-dessus tout ordre
Et je suis prêt à tout pour l'avenir de tous
Et je ne connais rien de rien à l'avenir
Mais j'aime pour aimer et je mourrai d'amour

Il se mit à genoux pour un premier baiser
La nuit était pareille à la nuit d'autrefois
Et ce fut le départ et la fin du passé
La conscience amère qu'il avait vécu

Alors il réveilla les ombres endormies
La cendre grise et froide d'un murmure tu
La cendre de l'aveugle et la stérilité
Le jour sans espérance et la nuit sans sommeil

L'égale pauvreté d'une vie limitée

Tous les mots se reflètent
Et les larmes aussi
Dans la force perdue
Dans la force rêvée

Hier c'est la jeunesse hier c'est la promesse

Pour qu'un seul baiser la retienne
Pour que l'entoure le plaisir
Comme un été blanc bleu et blanc
Pour qu'il lui soit règle d'or pur
Pour que sa gorge bouge douce
Sous la chaleur tirant la chair
Vers une caresse infinie
Pour qu'elle soit comme une plaine
Nue et visible de partout
Pour qu'elle soit comme une pluie
Miraculeuse sans nuage
Comme une pluie entre deux feux
Comme une larme entre deux rires
Pour qu'elle soit neige bénie
Sous l'aile tiède d'un oiseau
Lorsque le sang coule plus vite
Dans les veines du vent nouveau
Pour que ses paupières ouvertes
Approfondissent la lumière
Parfum total à son image
Pour que sa bouche et le silence
Intelligibles se comprennent
Pour que ses mains posent leur paume
Sur chaque tête qui s'éveille
Pour que les lignes de ses mains
Se continuent dans d'autres mains
Distances à passer le temps

Je fortifierai mon délire

De l'océan à la source
De la montagne à la plaine
Court le fantôme de la vie
L'ombre sordide de la mort
Mais entre nous

Une aube naît de chair ardente
Et bien précise
Qui remet la terre en état
Nous avançons d'un pas tranquille
Et la nature nous salue
Le jour incarne nos couleurs
Le feu nos yeux et la mer notre union
Et tous les vivants nous ressemblent
Tous les vivants que nous aimons

Les autres sont imaginaires
Faux et cernés de leur néant
Mais il nous faut lutter contre eux
Ils vivent à coups de poignard
Ils parlent comme un meuble craque
Leurs lèvres tremblent de plaisir
À l'écho de cloches de plomb
À la mutité d'un or noir

Un cœur seul pas de cœur
Un seul cœur tous les cœurs
Et les corps chaque étoile
Dans un ciel plein d'étoiles
Dans la carrière en mouvement
De la lumière et des regards
Notre poids brillant sur terre
Patine de la volupté

À chanter des plages humaines
Pour toi la vivante que j'aime
Et pour tous ceux que nous aimons
Qui n'ont envie que de s'aimer
Je finirai bien par barrer la route
Au flot des rêves imposés
Je finirai bien par me retrouver
Nous prendrons possession du monde
. . . .

Comme une femme solitaire
À force d'être l'une ou l'autre
Et tous les éléments

Je saurai dessiner comme mes mains épousent
La forme de mon corps
Je saurai dessiner comme le jour pénètre
Au fin fond de mes yeux

Et ma chaleur fera s'étendre les couleurs
Sur le lit de mes nuits
Sur la nature nue où je tiens une place
Plus grande que mes songes

Où je suis seule et nue où je suis l'absolu
L'être définitif
La première femme apparue
Le premier homme rencontré
Sortant du jeu qui les mêlait
Comme doigts d'une même main

La première femme étrangère
Et le premier homme inconnu
La première douleur exquise
Et le premier plaisir panique

Et la première différence
Entre des êtres fraternels
Et la première ressemblance
Entre des êtres différents

Le premier champ de neige vierge
Pour un enfant né en été
Le premier lait entre les lèvres
D'un fils de chair de sang secret

. . . .

Je vois brûler l'eau pure et l'herbe du matin
Je vais de fleur en fleur sur un corps auroral
Midi qui dort je veux l'entourer de clameurs
L'honorer dans son jour de senteurs de lueurs

Je ne me méfie plus je suis un fils de femme
La vacance de l'homme et le temps bonifié
La réplique grandiloquente
Des étoiles minuscules

Et nous montons

Les derniers arguments du néant sont vaincus
Et le dernier bourdonnement
Des pas revenant sur eux-mêmes

Peu à peu se décomposent
Les alphabets ânonnés
De l'histoire et des morales
Et la syntaxe soumise
Des souvenirs enseignés

Et c'est très vite
La liberté conquise
La liberté feuille de mai
Chauffée à blanc
Et le feu aux nuages
Et le feu aux oiseaux
Et le feu dans les caves
Et les hommes dehors
Et les hommes partout
Tenant toute la place
Abattant les murailles
Se partageant le pain
Dévêtant le soleil

S'embrassant sur le front
Habillant les orages
Et s'embrassant les mains
Faisant fleurir charnel
Et le temps et l'espace

Faisant chanter les verrous
Et respirer les poitrines

Les prunelles s'écarquillent
Les cachettes se dévoilent
La pauvreté rit aux larmes
De ses chagrins ridicules
Et minuit mûrit des fruits
Et midi mûrit des lunes

Tout se vide et se remplit
Au rythme de l'infini
Et disons la vérité
La jeunesse est un trésor
La vieillesse est un trésor
L'océan est un trésor
Et la terre est une mine
L'hiver est une fourrure
L'été une boisson fraîche
Et l'automne un lait d'accueil

Quant au printemps c'est l'aube
Et la bouche c'est l'aube
Et les yeux immortels
Ont la forme de tout

Nous deux toi toute nue
Moi tel que j'ai vécu
Toi la source du sang

Et moi les mains ouvertes
Comme des yeux

Nous deux nous ne vivons que pour être fidèles
À la vie

. . . .

LE DUR DÉSIR DE DURER

(1946)

ORDRE ET DÉSORDRE DE L'AMOUR

Je citerai pour commencer les éléments
Ta voix tes yeux tes mains tes lèvres

Je suis sur terre y serais-je
Si tu n'y étais aussi

Dans ce bain qui fait face
À la mer à l'eau douce

Dans ce bain que la flamme
A construit dans nos yeux

Ce bain de larmes heureuses
Dans lequel je suis entré
Par la vertu de tes mains
Par la grâce de tes lèvres

Ce premier état humain
Comme une prairie naissante

Nos silences nos paroles
La lumière qui s'en va
La lumière qui revient
L'aube et le soir nous font rire

Au cœur de notre corps
Tout fleurit et mûrit

Sur la paille de ta vie
Où je couche mes vieux os

Où je finis.

CORPS IDÉAL

Sous le ciel grand ouvert la mer ferme ses ailes
Aux flancs de ton sourire un chemin part de moi

Rêveuse toute en chair lumière toute en feu
Aggrave mon plaisir annule l'étendue

Hâte-toi de dissoudre et mon rêve et ma vue.

ICI

Une rue abandonnée
Une rue profonde et nue
Où les fous ont moins de peine
Que les sages à pourvoir
Aux jours sans pain sans charbon

C'est une question de taille
Tant de sages pour un fou
Mais rien par-delà l'immense
Majorité du bon sens
Un jour cru sans proportions

La rue comme une blessure
Qui ne se fermera pas
Le dimanche l'élargit
Le ciel est un ciel d'ailleurs
Roi d'un pays étranger

Un ciel rose un ciel heureux
Respirant beauté santé
Sur la rue sans avenir
Qui coupe mon cœur en deux
Qui me prive de moi-même

Dans la rue de rien personne.

NOTRE MOUVEMENT

Nous vivons dans l'oubli de nos métamorphoses
Le jour est paresseux mais la nuit est active
Un bol d'air à midi la nuit le filtre et l'use
La nuit ne laisse pas de poussière sur nous

Mais cet écho qui roule tout le long du jour
Cet écho hors du temps d'angoisse ou de caresses
Cet enchaînement brut des mondes insipides
Et des mondes sensibles son soleil est double

Somme-nous près ou loin de notre conscience
Où sont nos bornes nos racines notre but

Le long plaisir pourtant de nos métamorphoses
Squelettes s'animant dans les murs pourrissants
Les rendez-vous donnés aux formes insensées
À la chair ingénieuse aux aveugles voyants

Les rendez-vous donnés par la face au profil
Par la souffrance à la santé par la lumière
À la forêt par la montagne à la vallée
Par la mine à la fleur par la perle au soleil

Nous sommes corps à corps nous sommes terre à terre
Nous naissons de partout nous sommes sans limites.

À L'INTÉRIEUR DE LA VUE

(1947)

LE QUATRIÈME POÈME VISIBLE

I

Et si nous en sommes au milieu de l'hiver, je me promène au bord d'une rivière. Et si j'y vois tomber une femme qui se noie, la rigueur du froid ne m'empêche pas de l'aller secourir. Aux arbres dépouillés, chaque aiguille de glace allume une lumière matinale.

Et si nous en sommes au milieu de l'été, j'aperçois, par ma fenêtre, une femme qui se déshabille dans une chambre pauvre mal éclairée par une lampe rose qu'elle éteint dès qu'elle est nue.

Je n'ai pour chaque nuit qu'une balance variable, mais la somme de mes nuits est en équilibre. Elle m'assure d'un corps moral.

II

Le chant s'élève avec la tour et se prolonge avec la femme qui s'étend, souriante, infinie et belle comme la mer. Je suis heureux auprès d'elle, jouant sur le sable avec les algues de ses mains, bravant la lame bleue de ses cheveux défaits et l'écume de son ventre qui semble me dire : Retire-toi.

Dans cette vaporeuse région, dans ces espaces irisés par les fées, tu viens vers moi, large et généreuse, rose et rouge, mauve et violette sous les dehors de ta blancheur.

Et l'horizon soudain se rétrécit et se resserre autour de nous.

Tard dans la nuit, je veille et je t'écoute. Tu dors et tu te plains ou tu grondes, suivant que tu es calme, agitée, oubliée ou orageuse.

III

Mes yeux se peuplaient d'hommes et de femmes distants, dédaigneux, intimidants au possible. Par exception, ce n'était pas un jour de fête, ni même un de ces bons vieux jours fanés où je vis à rebours des charmes du passé.

Tous les visages étaient clos. Sous la peau tendue et sans défauts, le fruit amer du crâne mûrissait sa grimace capitale.

Je voulus chanter l'ombre, présider aux transactions désordonnées de la pourriture, aux grands conseils des poisons, aux dernières convulsions des racines, aux adolescences mourantes.

Mais je butai sur un galet et mon chant finit en stupeur.

LE CINQUIÈME POÈME VISIBLE

Je vis dans les images innombrables des saisons
Et des années

Je vis dans les images innombrables de la vie
Dans la dentelle
Des formes des couleurs des gestes des paroles
Dans la beauté surprise
Dans la laideur commune
Dans la clarté fraîche aux pensées chaude aux désirs
Je vis dans la misère et la tristesse et je résiste
Je vis malgré la mort

Je vis dans la rivière atténuée et flamboyante
Sombre et limpide
Rivière d'yeux et de paupières
Dans la forêt sans air dans la prairie béate
Vers une mer au loin nouée au ciel perdu
Je vis dans le désert d'un peuple pétrifié
Dans le fourmillement de l'homme solitaire
Et dans mes frères retrouvés
Je vis en même temps dans la famine et l'abondance
Dans le désarroi du jour et dans l'ordre des ténèbres

Je réponds de la vie je réponds d'aujourd'hui
Et de demain
Sur la limite et l'étendue
Sur le feu et sur la fumée
Sur la raison sur la folie
Malgré la mort malgré la terre moins réelle
Que les images innombrables de la mort
Je suis sur terre et tout est sur terre avec moi
Les étoiles sont dans mes yeux j'enfante les mystères
À la mesure de la terre suffisante

La mémoire et l'espoir n'ont pas pour bornes les
mystères
Mais de fonder la vie de demain d'aujourd'hui.

LE SIXIÈME POÈME VISIBLE

I

Rien que du vin, impunément, la part du lion, parmi les feuilles et les fleurs, et de plus en plus doux à force d'être nécessaire.

Rien que du vin, un amour pur à pleine chair, la part de l'aigle, du vin d'entraînement, d'exaltation et d'enthousiasme.

Rien que du vin à travers l'épaisseur, aux antipodes, au zénith, la part de l'homme, du vin proche et lointain, profond et rayonnant.

L'ignorance et la connaissance, jette-les au vin. Elles en ressortent sous les traits de l'ivresse et de la sagesse.

II

Habitant d'une cité éteinte, quelques milliers d'années suffiront à revêtir des somptueuses fourrures de la fable tes rêves d'enfant déshérité. Par nature, par hasard et par symptômes, tu étais comme une plante de l'hiver le plus sombre, le plus froid, destinée à ne former que des fleurs effacées, confondues dans le bois et les déchets à peine vivants du bois.

Et pourtant tu simulas, sur des hauteurs imaginaires, ce vertige qui flatte les Grands. Survivant d'un souvenir, fils éphémère de l'incertain, tu t'appliques à détruire ton lot de réalité.

Tes rêves désespérés te font une place au soleil, tu as tiré parti de ta pâleur. Dans le va-et-vient de l'oubli, tu as rallumé ta cité.

III

Portant vers des mains propres un peu de l'orient de sa sève qui sent bon. Et les plis empesés de sa vertu. L'embarras du choix, drame ou comédie, aussi pavés de délices l'un que l'autre. Le drame descend, la comédie s'élève, l'amour surnage.

IV

Je suis cette étonnante victime des monstres que l'on couchait dans l'herbe, parmi les brebis, pour la ranimer. L'empreinte d'une coquille dans l'herbe régulière foulée par la bête, pas après pas. La danse des ombres, des victimes contredit le pas des vainqueurs. Un baiser arrête le sang.

Justice harmonieuse. La rive nord du monde se dissolvait. Les dernières lames de glace flottantes avaient déjà un cachet d'ancienneté. Sous un ciel amélioré, des semences d'or vif chevauchaient paternellement les vestiges de la vie.

La mort défalquée, je tranchais la surface et la masse, l'étendue et la durée ; j'épousais les reliefs imperceptibles de la fièvre et du délire, sur tous les chemins au petit bonheur de jours et de nuits sans violences.

POÈMES POLITIQUES

(1948)

DE L'HORIZON D'UN HOMME À L'HORIZON DE TOUS

Après le plus grand abandon, quand il n'eut plus au fond de lui-même que la vision de sa femme morte, il fut secoué d'une grande révolte.

ROCHER DANS L'EAU

Comme un oiseau debout dans une armure
Tête du vent dans une cage obscure
Comme une épée dressée dans un filet
Comme un immense amour non partagé

Oui je dis oui et c'est non qui l'emporte
Et chaque image me revient honteuse
J'ai du courage et je suis prisonnier
Faisant l'amour je n'aimais qu'une morte.

Bêtement, il se sentit victime d'une injustice. Sans songer que la mort l'avait toujours hanté, et non la sienne, mais celle qui repose au fond de tous les êtres, car ils s'en font une image nécessaire, comme un tremplin qui les projette de l'enfance et de la vieillesse vers la barre équilibrée d'une vie mesurée, féconde.

Quelle mouche de sa vie
Est la mère des mouches de sa mort.

Mouvement inverse d'un temps normal, jusqu'au dur désir de durer. Il se sentit victime, bêtement, victime du temps révolu et du temps à venir.

ÉGOLIOS

J'entends encore la voix

C'est là que tu aimeras
Toujours toujours toujours

Avoue tu n'avais pas prévu cette minute
Qui va t'éterniser

Tu ne parviendras plus à t'échapper tu rêves
Pense donc si tu peux à un temps sans amour

Explique si tu peux pourquoi c'est ce visage
Et non un autre qui s'arrête devant toi

*

J'entends encore la voix

Aime aime
Et tu te sentiras devenir comme un chêne

Et la forêt sera ton ombre
Les oiseaux les étoiles se poseront sur ta tête

Tu ne dormiras plus qu'en un autre sommeil
Et des yeux sans sommeil veilleront dans les tiens

Tu seras comme un fou à l'idée du bonheur
Tu prendras dans tes bras les branches du soleil

*

J'entends maintenant la voix

Tout ce qu'elle n'a pas dit
Tout ce que je n'ai pu supposer soupçonner

J'entends autour de moi la ronde du silence

Tu seras comme un fou à l'idée du malheur
Comme un fossé dans le désert

Comme un malade abandonné
Parce qu'il a trop espéré

Il t'arrivera peut-être d'être comme un mort
Vivant tu connaîtras la digestion des vers

Jusqu'au point insensible
Jusqu'à l'absence souhaitée de tout secret.

Il avait jusque-là vécu sans méchanceté. Il devint méchant. Quand il avait envie de pleurer, et il avait presque toujours envie de pleurer, il se sentait le premier venu, ridicule et absurde, lui qui était le dernier venu au chagrin motivé. Alors, il accablait *ceux qui l'aimaient* de colères et de perfidies. Il ne voulait pas être le moins aimé.

Les hautes allées verdoyantes, ensoleillées, s'étant à jamais évanouies, il lui fallut passer par des couloirs noirs et gluants.

CHANT DU DERNIER DÉLAI

Noir c'est mon nom quand je m'éveille
Noir le singe qui me tracasse
Qui grimace moule à manies
Devant le miroir de ma nuit
Noir c'est mon poids de déraison
C'est ma moitié froide pourrie

Noir où la flèche s'est plantée
Où le tison a prospéré
Noir le gentil corps foudroyé
Noir le cœur pur de mon amour
Noire la rage aux cheveux blancs
À la bouche basse et baveuse

Cette envie folle de hurler
Ne cessera qu'avec ma voix
Que sur les charmes de ma tombe
Où viendront pleurer mes complices
Tous ceux qui m'approuvaient d'aimer
Et qui voudraient fêter mon deuil

J'étais construit les mains ensemble
Doublé de deux mains dans les miennes
J'étais construit avec deux yeux
Qui se chargeaient des miens pour voir

Mais aujourd'hui je sens mes os
Se fendre sous le froid parfait

Je sens le monde disparaître
Rien ne demeure de nos rires
Ni de nos nuits ni de nos rêves
Et la rosée est charbonneuse
J'ai trop pleuré la coque est vide
Où nous ne pouvions qu'être deux

Écartez-vous de ma douleur
Elle vient droit de la poussière
Elle nie tous les sacrifices
La mort n'est jamais vertueuse
Écartez-vous si vous avez
Envie de vivre sans mourir

Sous vos paupières desséchées
Et dans la boue de vos désirs
Noir un zéro s'arrondirait
Zéro petit et très immense
Qui est capable de gagner
La souveraine part de l'homme

Noir c'est moi seul soyez plus clairs.

. . . .

Savoir en trop savoir lyrique
Volupté de se dévêtir
Montre tes seins et ton plaisir
Montre tes yeux silencieux

Devineresse indifférente
Tu connais sagement mon mal

Et ta bouche ne le dit pas
Elle change toujours d'images

Et ne reproduit ses baisers
Que pour alléger l'univers

Je t'en supplie sur mes nuits troubles
Jette le pont de tes regards

Et, par l'entremise des sens, peu à peu renaissait la solidarité. Un ami, une amie et le monde recommence, et la matière informe reprend corps. Une ligne droite passa à travers les poitrines. De nouveau, les hommes se ressemblent, et le malheureux se reprit à leur sourire, d'un sourire peut-être un peu moins aimable qu'avant, mais plus juste, meilleur. Il se reprit à imaginer ce que pourraient être ses frères s'ils détruisaient leur solitude. Il entendit gronder le chant qui montait de la foule compacte. Il n'eut plus honte.

Ceux qui l'aimaient étaient légion. Ils allaient boire aux sources, ils travaillaient contre l'effort perdu dans l'ombre. La douleur était surmontée, l'arbre sortait de terre, ses fruits allaient mûrir, tous en seraient nourris.

De quoi se mêlaient donc les faiseurs de morale ? Un homme était rendu à ses semblables, un frère légitime.

Laissez-moi donc juger de ce qui m'aide à vivre
Je donne de l'espoir aux hommes qui sont las
Malgré les joies robustes de l'amour

Ils aiment c'est une couronne
Ils travaillent pour ceux qu'ils aiment
C'est une charge de caresses

Mais ils travaillent aussi pour vous

Toutes les extases de l'amour
N'annulent pas cette fatigue
Qui leur vient du travail en trop
Pour vous qui n'avez rien à faire

Je dénonce l'injustice
Et j'arrache les épines
Je veux effacer les rides

Je parle et la porte s'ouvre

Laissez-moi donc juger de ce qui m'aide à vivre
Mon désir de fraîcheur a consumé les fièvres
Neige sous le soleil je suis né d'une femme
Parfois j'ai sa vertu
Le golfe de son ventre fait les hommes libres

Vivre c'est partager je hais la solitude
Les liens de la mort me retiennent encore
Je n'embrasse vraiment personne comme avant
Le pain était un signe de félicité
Le bon pain qui nous rend plus chaud notre baiser

Le seul abri possible c'est le monde entier
Vivre aujourd'hui pour moi c'est répondre aux énigmes
Et nier la douleur aveugle de naissance
Toujours en pure perte étoile sans éclat
Vivre se perdre afin de retrouver les hommes

Que la pâleur du fleuve efface le ruisseau
Que les yeux merveilleux voient chaque chose en place
La misère effacée et les regards en ordre
Un ordre grandissant de graine en fleur en arbre
Un vif échafaudage étayant l'univers

L'enfant rajeunissant d'homme en homme et riant.

ATHÉNA

Peuple grec peuple roi peuple désespéré
Tu n'as plus rien à perdre que la liberté
Ton amour de la liberté de la justice
Et l'infini respect que tu as de toi-même

Peuple roi tu n'es pas menacé de mourir
Tu es semblable à ton amour tu es candide
Et ton corps et ton cœur ont faim d'éternité
Peuple roi tu as cru que le pain t'était dû

Et que l'on te donnait honnêtement des armes
Pour sauver ton honneur et rétablir ta loi
Peuple désespéré ne te fie qu'à tes armes
On t'en a fait la charité fais-en l'espoir

Oppose cet espoir à la lumière noire
À la mort sans pardon qui n'a plus pied chez toi
Peuple désespéré mais peuple de héros
Peuple de meurt-de-faim gourmands de leur patrie

Petit et grand à la mesure de son temps
Peuple grec à jamais maître de tes désirs
La chair et l'idéal de la chair conjugués
Les désirs naturels la liberté le pain

La liberté pareille à la mer au soleil
Le pain pareil aux dieux le pain qui joint les hommes
Le bien réel et lumineux plus fort que tout
Plus fort que la douleur et que nos ennemis.

9 décembre 1944

« LA POÉSIE DOIT AVOIR POUR BUT LA VÉRITÉ PRATIQUE »

à mes amis exigeants

Si je vous dis que le soleil dans la forêt
Est comme un ventre qui se donne dans un lit
Vous me croyez vous approuvez tous mes désirs

Si je vous dis que le cristal d'un jour de pluie
Sonne toujours dans la paresse de l'amour
Vous me croyez vous allongez le temps d'aimer

Si je vous dis que sur les branches de mon lit
Fait son nid un oiseau qui ne dit jamais oui
Vous me croyez vous partagez mon inquiétude

Si je vous dis que dans le golfe d'une source
Tourne la clé d'un fleuve entr'ouvrant la verdure
Vous me croyez encore plus vous comprenez

Mais si je chante sans détours ma rue entière
Et mon pays entier comme une rue sans fin
Vous ne me croyez plus vous allez au désert

Car vous marchez sans but sans savoir que les hommes
Ont besoin d'être unis d'espérer de lutter
Pour expliquer le monde et pour le transformer

D'un seul pas de mon cœur je vous entraînerai
Je suis sans forces j'ai vécu je vis encore
Mais je m'étonne de parler pour vous ravir
Quand je voudrais vous libérer pour vous confondre
Aussi bien avec l'algue et le jonc de l'aurore
Qu'avec nos frères qui construisent leur lumière.

AUJOURD'HUI

La boulangerie n'est pas construite de pain blanc
Pas plus que n'est la rue ouverte au plein soleil
Les plus petits bistrots
S'offrent très rarement la pâture d'un ivrogne
Ils ont de mauvaises dents
Et de mauvaises manières malgré leurs bénéfices

Rue grise boulangerie dédorée cafés froids
Bouches amères fronts fermés
Et trois passants pressés de rentrer au logis
Quel logis je l'ai pénétré
Et le connais profond lugubre
Nous sommes bien mal installés

Rue grise la vertu s'y boit comme un verre d'eau saumâtre
Le bonheur n'a pas pied dans ma rue
Rue grise veine grise sur un bras malade
On y boit on y mange on y circule aussi peu qu'il le faut
On y vit sous la suie et sous l'ennui de vivre

Brouillard de rue idée de rue idée de rien
Où les camions écrasent quand même de temps en temps un cycliste un enfant
Et c'est un événement de voir du sang sur les pavés
De voir dans la boue la mutation d'un être vivant
De le voir reverdir avant de se faner

Le soleil je ne risque rien je n'ai fait qu'en parler
Parler est peu de chose l'eau le gaz et l'électricité
Et manger à sa faim seraient plus lumineux
Avoir la peau brunie et manger à sa gourmandise
Je n'en ai même pas parlé

Dire qu'il y en a eu qui chantaient dieu glorieux
Il y en a eu qui s'aimaient nus sans piédestaux
Où donc est la muraille poétique du bien-être
Que nous la renversions
Et que nous prenions pied dans ce monde impossible
Où l'on sourit toujours sur la bouche des autres

La fatigue nous passe au bleu et ce n'est pas le bleu céleste
Le mois de mai nous fait l'aumône
Les lilas blancs et les muguets nous font l'aumône
Mais notre femme passe au bleu
Elle qui nous aimait pourtant passionnément
Et comme il faut aimer très intelligemment

Nous fûmes à la source et la mer n'est pas loin
Je sais puissions-nous tous savoir que la mesure est comble
Nous ne voulons plus avoir froid
Dans nos os et dans nos pensées
Prenons couleur contre malheur prenons bonheur contre injustice
Tout est éternel rien n'est éternel nous sommes

Nous déracinerons notre rue inutile
Et nous la porterons pour qu'elle y meure
Dans le délire dans le sanctuaire de nos maîtres.

DANS VARSOVIE LA VILLE FANTASTIQUE

Qui n'a pas vu les ruines du Ghetto
Ne connaît pas le destin de son corps
Quand mort le fête et que son cœur pourrit
Quand son unique absence fait le vide

Pour qui a vu les ruines du Ghetto
Les faits humains ne sont pas à refaire
Tout doit changer sinon la mort s'installe
Mort est à vaincre ou bien c'est le désert

Or c'est ici que se montre le monstre
Fier de sortir du cœur même de l'homme
De l'homme enchaîné de l'homme rompu
Qui ne voit plus clair qui ne pense plus

Le Ghetto mort son ombre est sous le monstre
Mais son courage fut d'amours communes
D'amours passées qui renaîtront futures
Nouées fleuries de tête et de racines

Et sous le ciel ployant de Varsovie
La longue peine et la souffrance insigne
Défont refont un rêve de bonheur
L'espoir compose un arc-en-ciel des routes

L'homme en terre fait place à l'homme sur la terre.

SŒURS D'ESPÉRANCE

Sœurs d'espérance ô femmes courageuses
Contre la mort vous avez fait un pacte
Celui d'unir les vertus de l'amour

Ô mes sœurs survivantes
Vous jouez votre vie
Pour que la vie triomphe

Le jour est proche ô mes sœurs de grandeur
Où nous rirons des mots guerre et misère
Rien ne tiendra de ce qui fut douleur

Chaque visage aura droit aux caresses.

LÉDA

(1949)

LÉDA DANS SON PREMIER SOMMEIL

Je dormais couchée sur le ventre
J'avais conscience de mon ventre

Le ciel pesant coulait en moi
Par mille graines de blé vif

Par mille oiseaux exténués
Et qui se cachent pour mourir.

*

Le bruit l'odeur le feu venaient fermer leurs ailes
Dans ma gorge écrasée dans le puits de mes mains

Le feu le froid l'azur rassemblaient mes épaules
La verdure tremblait dans mon sang prisonnier

J'étouffais de soleil j'étais noyée d'air pur
L'abus du cœur et de la chair m'anéantit

*

Bientôt je limitai le ciel je me fermai
Profonde je souffris de la boue et des pierres

Tout encombrée de mes racines infinies
Je retrouvai le dur labeur de mon passé

Ma cécité mon ignorance de l'espace
L'inavouable progrès des murs multipliés.

*

Mes beaux yeux séparés du monde
Où sont les morts suis-je vivante

Je voudrais répéter le monde
Et non plus être ombre d'une ombre

Mes beaux yeux rendez-moi visible
Je ne veux pas finir en moi.

UNE IMAGE REVIENT
À QUI L'A MISE AU MONDE

Elle rêve et de qui rêve-t-elle de moi
Dans les draps de ses yeux qui rêve sinon moi

Dans ses yeux la durée s'accroche à l'être humain
Mon règne dans ses yeux s'accorde à tous les règnes

Le monde est sur la table des métamorphoses.

*

Elle ne rêve pas d'un homme mais de moi
Qui suis monstre et vertu animal et principe

Tout entier en plein ciel et tout entier sur terre
Mais qu'elle se dénude autour de mon désir

Et ma foudre devient humidité féconde.

*

Les corps terrestres sont des règles de sagesse
Ils ont conquis le droit d'aimer et d'être aimé

Seul l'éclat d'un soleil peut en éteindre un autre
Et je n'ai de visage que pour ceux que j'aime

Je bats des ailes je m'affole je m'épuise
Mon plumage vieillit je blanchis comme un os

Le vide m'obscurcit je retourne à mon œuf
Vainqueur réduit à rien abeille sans son miel

Mais un filet de sang survit à la victoire.

LÉDA PLUS VIVE POSSÉDÉE QUE LA NATURE

Mon corps s'éveille je suis jeune et belle
Et je murmure un air de mon enfance

Sur un lit doux mon corps comme un aimant
Dessine un ciel d'étoiles vues en songe

Tous m'ont perdue je ne suis à personne
Pourtant je suis comme un miroir tournant
J'offre mon rire aux conquêtes faciles

Mes seins ont l'âge d'être caressés
Comme une cloche par l'orage atroce
Comme un pain rare par qui n'a plus faim

Je puis borner la puissance des dieux
Et mettre à bas leur imagination

Être mortelle en me reproduisant
Être éternelle en détruisant le temps

Je rougirai quand le froid me prendra
Et je serai de neige dans les flammes.

*

Lèvre à lèvre la nuit l'aurore
Haut sur ma cuisse un baiser chante
Mes éléments me font vivante
Mon corps n'est pas une prison

Au fond du gouffre je rayonne
Au fond du verger je suis mûre
Au fond de la mer je suis nue
Nue comme nulle et toute en rien

Lèvre à lèvre la nuit l'aurore
Je dis ce que je suis mon sexe
Comme un sourire après les larmes
Soleil humain entre deux ombres

Comme une rose de faiblesse
Dans le flot noir de tout mon sang

Pôle inutile honneur sauvé
Honneur est le fils du plaisir

Passée au feu la fleur fragile
Ne change pas plus que ma bouche
Elle est l'objet des heures creuses
La cruche pleine de désir

Je peins en or le sacrifice
J'orne la honte d'impudeur
Je suis le vitrail où la cendre
Fait bégayer ligne et couleur.

*

Le ciel remue je n'ai pas peur je rêve
Le ciel remue et le lac de mon corps
Reflète un cygne de nuages calmes
Il est massif ses plumes sont mouillées

Je sens son bec son bec est d'un rapace
Il a ma bouche et moi j'ai sa droiture
Pour mieux jouir au paradis terrestre
Pourtant jour clair nuit étonnante foudre

Ô bonne chair amenuisée entière
Mangée chérie j'ai le sens de la vie
Parlez parlez j'ai le sens du silence
J'étais rouillée mais je reviens à neuf

Le ciel pervers est neuf pour la chair tendre
Une auréole enrobe mes prunelles
Bête sauvage j'ai réduit ton ciel
À mon désir nous sommes confondus

J'enfante un couple double et je suis seule.

CE QUE N'EN PENSA PAS LÉDA

Je suis une femme ingrate
Non pas phosphorescente de reconnaissance
Mais oublieuse et versatile
Une femme de bon sens

Je souffle en l'air les bulles de ma vigne
Elles reviennent en moi pour éclater
Diaprées de lune et de soleil
Elles me contentent

Je suis la vie et il n'y a rien d'autre
Mes grands-pères mon père et mes fils me possèdent
Le rire de ma mère aboutit à mes filles
Elles ordonnent mes caresses

Ce cygne je l'enchante et je lui tords le cou
Je suis bien plus forte que lui
Il n'est qu'un de mes animaux
Qu'un épi de ma gerbe

Mes yeux ma langue et l'odeur de ma peau
Lèvent d'autres oiseaux à tous les horizons
Il ne m'a pas baisée sur le front l'innocent
Nul ne me baise sur le front

Mais oui ma rose blanche tu ne fus qu'un moyen
Mes cuisses te cernèrent mon ventre t'absorba
Pauvre petit cygne gelé
Tes ailes n'étaient pas d'un dieu

J'ai moi des ailes tout en feu.

UNE LEÇON DE MORALE

(1949)

L'HEURE EMBRASSE LE SILENCE

Au mal :

Répétons cloches de poison
Les raisons
De la plus hideuse des peines

Elles sont gravées dans le marbre
De la mère des tombeaux

Gravées sur les palmes de pierre
De la mort qui me travaille

J'aime la mère des tombeaux
D'un amour voué au mal
Un vieil amour mauvais au goût

*

On arrive à son lit par une rue tranquille
Bordée de maisons grises comme toutes les maisons

Une tranquille rue rouillée
Qui n'a jamais été jeune

Et là le désespoir poète
Le désespoir qui se respecte
A le visage comme un œuf

Et de se voir dans le ruisseau
Son cœur noble se soulève

Le poète n'a plus de germe
Pour tricher avec le temps

Le poète n'a plus de langue
Pour lécher sa mélancolie
Les images sont au secret

*

Ma fausse perle fine
Si tu pouvais mendier ton pain

Pour être humain la voix te manque
Nul ne te voit riche ni pauvre
Tu n'as ni fièvre ni santé

Tu n'es pas mieux que rien mais que veux-tu tu es
Ta solitude vide l'urne de ton corps

Tu es aux yeux des autres comme un figurant
La façade le gant le monument le masque

Encore si c'était vengeance de la vie
Mais non le mal ne tient ni à toi ni aux autres

Et dans la douceur triste de ton passé clos
L'amour le plus mortel n'égale que son deuil

*

Mère la mort est authentique et véritable
Ses rayons font les morts éternellement morts
Ils sont autour de mon amour voué au mal
Nul aviron sous terre et nul fleuve à franchir
Pour comprendre l'espace et marquer la présence

Vivre n'est que d'aller d'un corps à son néant
De la forme à la nuit et du sens à l'oubli

Vivre c'est tout manquer et manquer à soi-même
Puisque je meurs dans ce que j'aime à tout instant

Je ne me suis jamais tué mais on me tue
Je laisse l'illusion aux pleutres aux profanes

Et la démence est faite fée par le chagrin
L'aveugle a vu sa chair décroître

Ruines vous êtes entières
Dans le champ de ma vision
Comme à plaisir décharnée
Comme à douleur annulée.

Au bien :

De sa bouche bâillonnée
L'heure embrasse le silence

Une abeille roule au sol
Avec mille de ses sœurs

Et mille abeilles remontent
Vers la fleur qui les convoque

*

Douloureuses langoureuses
Les hirondelles du soir

Perpétuent une famille
Qui ne connaît que chaleur

Une seule saison sonne
Un seul souci de bonheur

*

La lune se multiplie
Dans un arbre en proie au gui

Au gui qui se multiplie
Au ventre qui reproduit

Et l'arbre en est rajeuni
Et la vie est infinie

*

L'homme arrache le bâillon
Et son cœur combat les heures

Et sa tête les confond.

Au mal :

Pacotille de joie vaut le foin de la vie
Tous deux aussi légers que la résignation
Légers comme un sourire morne après les larmes
L'on en reste imprégné d'une fine poussière

Moi j'ai ma peau mes draps ma peine et mon réveil
Mes liens et mon travail mes doutes et ma honte
Alors j'exhausse mort détail devient le tout
À jamais j'ai le temps qui passe à travers tout

Et j'ai la terre épaisse où la racine fonce
Où le jour sombre en avalanche vers mon cœur
Je vois d'en bas d'où le hibou connaît son ombre
Dans le noir de ma nuit qui divise le monde.

Au bien :

Être unis c'est le bout du monde
Le cœur de l'homme s'agrandit
Le bout du monde se rapproche

Le cœur des peuples bat plus fort
Le cœur des peuples bat la terre
Et la moisson sera parfaite

Notre travail est un défi
Jeté aux maîtres aux frontières
Nous voulons travailler pour nous

Nous prendrons jour malgré la nuit
Nous oublierons nos ennemis
La victoire est éblouissante

Nous avons pénétré le feu
Il faut qu'il nous soit la santé
Nous nous levons comme les blés

Et nous ensemençons l'amour.

OMBRES

Au mal :

Nous étions deux à nous chauffer au même feu
Feu qui brûla le sang des forêts tropicales
Et qui faisait au ciel monter les feuilles sèches
Flammes lourdes d'en bas la terre pour tanière
Et danse dans les yeux au-delà des étoiles

Nous étions deux à nous chauffer au même feu
Chargé d'amour comme de plomb comme de plumes
Dans la douleur et dans la joie nous n'étions qu'un
Même couleur et même odeur même saveur
Mêmes passions même repos même équilibre

Nos gestes notre voix se détendaient ensemble
L'or de notre mémoire avait la même gangue
Et nos baisers suivaient une route semblable
Je t'embrassais tu m'embrassais je m'embrassais
Tu t'embrassais sans bien savoir qui nous étions

Tu tremblais tout entière entre mes mains tremblantes
Nous descendions la même pente vers le feu
De la présence et de l'absence vers le feu
Vers son délire et vers ses cendres vers la fin
De notre union la fin de l'homme avec la femme

Comment aurions-nous pu nous penser séparés
Nous qui filions nos jours et nos nuits en rêvant
Amants d'un temps commun amants de chair jumelle
Rien ne changeait de sens ni d'accent pour nous deux
Dans les plis de nos draps nous nous croyions utiles

Et dans les plis des rues nous n'étions pas en vain
Nous luttions sans douter pour la vie fraternelle
Nous faisions corps avec le vent avec la voile
Avec l'espoir sans frein des hommes malheureux
Ils sont au bout de tout et chantent leur naissance

Mais toi tu es bien morte et moi je suis bien seul
Je suis mal amputé j'ai mal j'ai froid je vis
En dépit du néant je vis comme on renie
Et si ce n'était pas pour toi qui as vécu
Comme un être parfait comme je devrais être

Je n'aurais même pas à respecter nos ombres.

Au bien :

Ombres sur terre ombres tournantes
Filles dociles du soleil
Danseuses fraîches reposantes
Amies des hommes et des bêtes

Ombres sur terre de la nuit
La plus profonde va vers l'aube

Comme les autres et la lune
Est très légère aux dormeurs pâles

Ombres sous terre du mineur
Mais son cœur bat plus fort que l'ombre
Son cœur est le voleur du feu
Il met au jour notre avenir

*

Outrage sous les ombres
Se développe une ombre
De dégoût de misère
De honte et de courroux

Travailler sans espoir
Creuser sa propre tombe
Au lieu d'illuminer
Les yeux de ses semblables

Les mineurs ont dit non
À la défaite aux cendres
Ils veulent bien donner
Donner mais qui reçoit

Le cœur n'a pas de bornes
Mais la patience en a
Nul ne doit avoir faim
Pour que d'autres se gavent

D'autres qui sont apôtres
De la terre engloutie.

*

Camarades mineurs je vous le dis ici
Mon chant n'a pas de sens si vous n'avez raison

Si l'homme doit mourir avant d'avoir son heure
Il faut que les poètes meurent les premiers.

DANS LES PIRES CONDITIONS

Au mal :

Je cherche un faux semblant d'amour
Un aveu plus grand que mon cœur
Un sourire à fondre le miel
Un baiser à donner aux chiens

Je cherche un corps rien moins que corps
Comme charogne pour les hyènes
Une table où la loi s'inscrive
Pour un corps nu rien moins que nu

Et je m'enfonce dans la nuit
Voulant la terre j'ai son ombre
Et quant aux fêtes plus complètes
La mort y prendra mon visage.

Au bien :

Amour j'entends une foule
Crier amour à en perdre la voix
Amour cela ne fait qu'un cri
Tous les vivants font un vivant

Amour moi je suis au-delà
Amour je suis désenlacé
Amour j'ai buté sur ton ombre

Amour je t'avais trop prié
Trop caressé trop exposé
Amour tu n'as laissé que cendres

Il n'y a plus de profondeurs
Ni de sommets il n'y a plus
Au fond des temps qu'un inconnu

Uni aux hommes par devoir.

LE LANGAGE DES COULEURS

Je vous connais couleurs des hommes et des femmes
Fleurs fraîches fruits pourris halos décomposés
Prismes musiciens brouillards fils de la nuit
Couleurs et tout est vif qui m'ouvre grand les yeux
Couleurs et tout est gris qui me donne à pleurer

Couleurs de la santé du désir de la peur
Et la douceur d'aimer répond de l'avenir
Couleurs crime et folie et révolte et courage
Et le rire partout dénudant le bonheur
Et parfois la raison qui nous vomit stupides

Et toujours la raison qui nous recrée sublimes
Le battement du sang par les chemins du monde
Couleurs le désespoir a beau creuser la nuit
Les mystères noircir jusqu'à l'os l'insomnie
Des rêves se font jour qui sont beauté bonté

D'un côté de mon cœur la misère subsiste
De l'autre je vois clair j'espère et je m'irise
Je reflète fertile un corps qui se prolonge
Je lutte je suis ivre de lutter pour vivre
Dans la clarté d'autrui j'érige ma victoire.

TOUT EST SAUVÉ

Tout est détruit je vois d'avance le désastre
Un rat est sur le toit un oiseau dans la cave
Les lèvres dans les livres ne bourdonnent plus
Tous les tableaux sont à l'envers en épaisseur
Souvenirs et témoins s'obscurcissent ensemble

Un vieillard gît poupée de rien près d'un berceau
Un enfant croque les débris d'un engrenage
Au creux d'un cimetière un mort a résisté

Et les mots doux des amoureux et les berceuses
Et les travaux font un silence à tout casser
Les hirondelles de la vue se sont fermées
Un petit feu violet a désossé Marie
Un souffle excrémentiel effacé Max et Pierre

L'enfer défunt sèche à la pointe des clochers
Une auréole d'ombre étrangle tous les fronts
Un héros baigne dans le sang d'un criminel

L'heure se fige sur l'égout et sur la vague
Une lèpre d'azur mange les derniers arbres
Il pleut il ne pleut pas et le beau temps grimace
Peut-être n'y a-t-il jamais rien eu sur terre
Puisque la mort s'affiche comme une naissance

Tout est détruit je vois d'avance les chantiers
Où tout est terminé la charrue et la faulx
Ont saisi de leur bec des pelotes de nerfs

Le miroir du génie coquet coquin cocasse
Reflète dans sa lave une arme ridicule
A-t-on comparé l'aube au premier des désirs
A-t-on jamais su lire au flanc d'un ventre plein
L'homme était-il de pierre et la femme de cendres

Un sein qui fut glorieux supporte la caresse
Des pavés d'une rue fréquentée disparue
Et le plan de la ville est couvert de poussière

Fiançailles le mal cherchait son partenaire
Il l'a trouvé c'est le désert à tout jamais
Je l'imagine on me le montre noir sur blanc
Né en hiver je peux tout voir en négatif
Je suis né pour mourir et tout meurt avec moi

Les étoiles éteintes m'apparaissent miennes
Le deuil unit les murs qui séparaient les hommes
Personne pour tirer la morale du conte.

*

Rien n'est détruit tout est sauvé nous le voulons
Nous sommes au futur nous sommes la promesse
Voici demain qui règne aujourd'hui sur la terre

Il y a de grands rires sur de grandes places
Des rires de couleur sur des places dorées
Les barques des baisers explorent l'univers
Les enfants les moissons justifient l'ambition
Les hommes fortifient la conscience des mères

L'éclat de la passion attendrit les visages
Dans les yeux la fraîcheur tourne sa roue de plumes
Les rêves insouciants vont par tous les chemins

Les besoins sont gracieux et les causes solubles
Le cœur a tant d'espace qu'il défie les astres
Il est comme une vague qui n'a pas de fin
Il est comme une source éternisant la chair
La majesté de vivre désavoue la mort

Je parle de ce temps que nous avons atteint
Nous le voulons et rien ne nous en fait démordre
Nous allions en avant nous sommes en avant

Des mineurs ont chanté contre l'injuste peine
Des forçats ont secoué leurs chaînes en chantant
Nos frères ont lutté partout et sans douter
Et les bourgeons sortaient du bois sec et des ronces
Et le courage allait de pair avec l'amour

S'éveiller opprimé accentuait le combat
Nous étions moins que rien mais nous devenions tout
Le monde étant à nous nous étions à nous-mêmes

La langue de la vie nous fondait dans la bouche
Nous ne connaissions pas d'oasis ni d'abri
Nous cherchions le réel fraternel sans rupture
La vérité concrète la vertu sensible
Du fond de la douleur nous dénoncions le mal

Nos frères avaient faim étaient pillés meurtris
Poussés au désespoir conduit à l'abattoir
Mais la rose de feu de leur sang survivait

Les hommes survivaient nous en étions garants
Et les fils de leurs fils éclairaient l'avenir
Nos comptables brisaient les zéros du néant
Nos paysans comptaient les mois de la genèse
Voir s'étendait au loin comme un corps rayonnant

Nos forces par en bas étaient illimitées
La beauté la confiance ne pesaient pas lourd
Néanmoins aujourd'hui leur rosée est féconde

Voici demain qui règne aujourd'hui sur la terre
Au jour de la durée l'homme est indispensable
Et voici que le monde est un objet utile
Objet voluptueux indestructible et roi
Que la vie a comblé en même temps que l'homme.

IV

DANS LA MONTAGNE VIERGE

Les herbes et les fleurs ne m'abandonnent pas
Leur odeur suit le vent

Les chevreaux jouent de leur jeunesse
Un aigle fait le point dans le ciel sans secrets

Le soleil est vivant ses pieds sont sur la terre
Ses couleurs font les joues rougissantes d'amour
Et la lumière humaine se dilate d'aise

L'homme en grandeur au cœur d'un monde impérissable
Inscrit son ombre au ciel et son feu sur la terre.

V

LE MONT GRAMMOS

Le mont Grammos est un peu rude
Mais les hommes l'adoucissent

Les barbares nous les tuons
Nous abrégeons notre nuit

Plus bêtes que poudre à canon
Nos ennemis nous ignorent

Ils ne savent rien de l'homme
Ni de son pouvoir insigne

Notre cœur polit la pierre.

VI

VIEILLE JEUNESSE

À la fontaine il lui donna un baiser dans la bouche
Sous le ciel vide il lui donna ses dix doigts et ses yeux
Au cours du temps il lui donna sa vie et des enfants

L'écho fidèle répéta sans fin cette chanson
Le miroir clair du corps humain en fit tout un bouquet
Façon de vivre façon d'être et l'unique raison

De se défendre sans douter de son éternité.

VII

POUR NE PLUS ÊTRE SEULS

Comme un flot d'oiseaux noirs ils dansaient dans la nuit
Et leur cœur était pur on ne voyait plus bien
Quels étaient les garçons quelles étaient les filles

Tous avaient leur fusil au dos

Se tenant par la main ils dansaient ils chantaient
Un air ancien nouveau un air de liberté
L'ombre en était illuminée elle flambait

L'ennemi s'était endormi

Et l'écho répétait leur amour de la vie
Et leur jeunesse était comme une plage immense
Où la mer vient offrir sous les baisers du monde

Peu d'entre eux avaient vu la mer

Pourtant bien vivre est un voyage sans frontières
Ils vivaient bien vivant entre eux et pour leurs frères
Leurs frères de partout ils en rêvaient tout haut

Et la montagne allait vers la plaine et la plage
Reproduisant leur rêve et leur folle conquête
La main allant aux mains comme source à la mer

Juin 1949

TOUT DIRE

(1951)

LA PUISSANCE DE L'ESPOIR*

Autant parler pour avouer mon sort :
Je n'ai rien mien, on m'a dépossédé
Et les chemins où je finirai mort
Je les parcours en esclave courbé ;
Seule ma peine est ma propriété :
Larmes, sueurs et le plus dur effort.
Je ne suis plus qu'un objet de pitié
Sinon de honte aux yeux d'un monde fort.

J'ai de manger et de boire l'envie
Autant qu'un autre à en perdre la tête ;
J'ai de dormir l'ardente nostalgie :
Dans la chaleur, sans fin, comme une bête.
Je dors trop peu, ne fais jamais la fête,
Jamais ne baise une femme jolie ;
Pourtant mon cœur, vide, point ne s'arrête,
Malgré douleur mon cœur point ne dévie.

* Ce poème, publié le 28 novembre 1946 dans *Les Lettres françaises*, était signé du pseudonyme Didier Desroches. L'auteur avait voulu échapper aux formes d'écriture qui lui sont personnelles.

J'aurais pu rire, ivre de mon caprice.
L'aurore en moi pouvait creuser son nid
Et rayonner, subtile et protectrice,
Sur mes semblables qui auraient fleuri.
N'ayez pitié, si vous avez choisi
D'être bornés et d'être sans justice :
Un jour viendra où je serai parmi
Les constructeurs d'un vivant édifice,

La foule immense où l'homme est un ami.

3 novembre 1946

BONNE JUSTICE

C'est la chaude loi des hommes
Du raisin ils font du vin
Du charbon ils font du feu
Des baisers ils font des hommes

C'est la douce loi des hommes
Se garder intact malgré
Les guerres et la misère
Malgré les dangers de mort

C'est la douce loi des hommes
De changer l'eau en lumière
Le rêve en réalité
Et les ennemis en frères

Une loi vieille et nouvelle
Qui va se perfectionnant
Du fond du cœur de l'enfant
Jusqu'à la raison suprême.

TOUT DIRE

Le tout est de tout dire et je manque de mots
Et je manque de temps et je manque d'audace
Je rêve et je dévide au hasard mes images
J'ai mal vécu et mal appris à parler clair

Tout dire les rochers la route et les pavés
Les rues et leurs passants les champs et les bergers
Le duvet du printemps la rouille de l'hiver
Le froid et la chaleur composant un seul fruit

Je veux montrer la foule et chaque homme en détail
Avec ce qui l'anime et qui le désespère
Et sous ses saisons d'homme tout ce qu'il éclaire
Son espoir et son sang son histoire et sa peine

Je veux montrer la foule immense divisée
La foule cloisonnée comme en un cimetière
Et la foule plus forte que son ombre impure
Ayant rompu ses murs ayant vaincu ses maîtres

La famille des mains la famille des feuilles
Et l'animal errant sans personnalité
Le fleuve et la rosée fécondants et fertiles
La justice debout le bonheur bien planté.

Le bonheur d'un enfant saurai-je le déduire
De sa poupée ou de sa balle ou du beau temps
Et le bonheur d'un homme aurai-je la vaillance
De le dire selon sa femme et ses enfants

Saurai-je mettre au clair l'amour et ses raisons
Sa tragédie de plomb sa comédie de paille
Les actes machinaux qui le font quotidien
Et les caresses qui le rendent éternel

Et pourrai-je jamais enchaîner la récolte
À l'engrais comme on fait du bien à la beauté
Pourrai-je comparer le besoin au désir
Et l'ordre mécanique à l'ordre du plaisir

Aurai-je assez de mots pour liquider la haine
Par la haine sous l'aile énorme des colères
Et montrer la victime écraser les bourreaux
Saurai-je colorer le mot révolution

L'or libre de l'aurore en des yeux sûrs d'eux-mêmes
Rien n'est semblable tout est neuf tout est précieux
J'entends de petits mots devenir des adages
L'intelligence est simple au-delà des souffrances.

Contre saurai-je dire à quel point je suis contre
Les absurdes manies que noue la solitude
J'ai failli en mourir sans pouvoir me défendre
Comme en meurt un héros ligoté bâillonné

J'ai failli en être dissous corps cœur esprit
Sans formes et aussi avec toutes les formes
Dont on entoure pourriture et déchéance
Et complaisance et guerre indifférence et crime

Il s'en fallut de peu que mes frères me chassent
Je m'affirmais sans rien comprendre à leur combat
Je croyais prendre au présent plus qu'il ne possède
Mais je n'avais aucune idée du lendemain

Contre la fin de tout je dois ce que je suis
Aux hommes qui ont su ce que la vie contient
À tous les insurgés vérifiant leurs outils
Et vérifiant leur cœur et se serrant la main

Hommes continûment entre humains sans un pli
Un chant monte qui dit ce que toujours ont dit
Ceux qui dressaient notre avenir contre la mort
Contre les souterrains des nains et des déments.

Pourrai-je dire enfin la porte s'est ouverte
De la cave où les fûts mettaient leur masse sombre
Sur la vigne où le vin captive le soleil
En employant les mots du vigneron lui-même

Les femmes sont taillées comme l'eau ou la pierre
Tendres ou trop entières dures ou légères
Les oiseaux passent au travers d'autres espaces
Un chien familier traîne en quête d'un vieil os

Minuit n'a plus d'écho que pour un très vieil homme
Qui gâche son trésor en des chansons banales
Même cette heure de la nuit n'est pas perdue
Je ne m'endormirai que si d'autres s'éveillent

Pourrai-je dire rien ne vaut que la jeunesse
En montrant le sillon de l'âge sur la joue
Rien ne vaut que la suite infinie des reflets
À partir de l'élan des graines et des fleurs

À partir d'un mot franc et des choses réelles
La confiance ira sans idée de retour
Je veux que l'on réponde avant que l'on questionne
Et nul ne parlera une langue étrangère

Et nul n'aura envie de piétiner un toit
D'incendier des villes d'entasser des morts
Car j'aurai tous les mots qui servent à construire
Et qui font croire au temps comme à la seule source

Il faudra rire mais on rira de santé
On rira d'être fraternel à tout moment
On sera bon avec les autres comme on l'est
Avec soi-même quand on s'aime d'être aimé

Les frissons délicats feront place à la houle
De la joie d'exister plus fraîche que la mer
Plus rien ne nous fera douter de ce poème
Que j'écris aujourd'hui pour effacer hier.

Septembre 1950

LE PHÉNIX

(1951)

LE PHÉNIX

Le Phénix, c'est le couple — Adam et Ève — qui est et n'est pas le premier.

Je suis le dernier sur ta route
Le dernier printemps la dernière neige
Le dernier combat pour ne pas mourir

Et nous voici plus bas et plus haut que jamais.

*

Il y a de tout dans notre bûcher
Des pommes de pin des sarments
Mais aussi des fleurs plus fortes que l'eau

De la boue et de la rosée.

*

La flamme est sous nos pieds la flamme nous couronne
À nos pieds des insectes des oiseaux des hommes
Vont s'envoler

Ceux qui volent vont se poser.

*

Le ciel est clair la terre est sombre
Mais la fumée s'en va au ciel
Le ciel a perdu tous ses feux

La flamme est restée sur la terre.

*

La flamme est la nuée du cœur
Et toutes les branches du sang
Elle chante notre air

Elle dissipe la buée de notre hiver.

*

Nocturne et en horreur a flambé le chagrin
Les cendres ont fleuri en joie et en beauté
Nous tournons toujours le dos au couchant

Tout a la couleur de l'aurore.

DOMINIQUE AUJOURD'HUI PRÉSENTE

Toutes les choses au hasard
Tous les mots dits sans y penser
Et qui sont pris comme ils sont dits
Et nul n'y perd et nul n'y gagne

Les sentiments à la dérive
Et l'effort le plus quotidien

Le vague souvenir des songes
L'avenir en butte à demain

Les mots coincés dans un enfer
De roues usées de lignes mortes
Les choses grises et semblables
Les hommes tournant dans le vent

Muscles voyants squelette intime
Et la vapeur des sentiments
Le cœur réglé comme un cercueil
Les espoirs réduits à néant

*

Tu es venue l'après-midi crevait la terre
Et la terre et les hommes ont changé de sens
Et je me suis trouvé comme un aimant
Réglé comme une vigne

À l'infini notre chemin le but des autres
Des abeilles volaient futures de leur miel
Et j'ai multiplié mes désirs de lumière
Pour en comprendre la raison

Tu es venue j'étais très triste j'ai dit oui
C'est à partir de toi que j'ai dit oui au monde
Petite fille je t'aimais comme un garçon
Ne peut aimer que son enfance

Avec la force d'un passé très loin très pur
Avec le feu d'une chanson sans fausse note
La pierre intacte et le courant furtif du sang
Dans la gorge et les lèvres

Tu es venue le vœu de vivre avait un corps
Il creusait la nuit lourde il caressait les ombres

Pour dissoudre leur boue et fondre leurs glaçons
Comme un œil qui voit clair

L'herbe fine figeait le vol des hirondelles
Et l'automne pesait dans le sac des ténèbres
Tu es venue les rives libéraient le fleuve
Pour le mener jusqu'à la mer

Tu es venue plus haute au fond de ma douleur
Que l'arbre séparé de la forêt sans air
Et le cri du chagrin du doute s'est brisé
Devant le jour de notre amour

Gloire l'ombre et la honte ont cédé au soleil
Le poids s'est allégé le fardeau s'est fait rire
Gloire le souterrain est devenu sommet
La misère s'est effacée

La place d'habitude où je m'abêtissais
Le couloir sans réveil l'impasse et la fatigue
Se sont mis à briller d'un feu battant des mains
L'éternité s'est dépliée

Ô toi mon agitée et ma calme pensée
Mon silence sonore et mon écho secret
Mon aveugle voyante et ma vue dépassée
Je n'ai plus eu que ta présence

Tu m'as couvert de ta confiance.

NOUS DEUX

Nous deux nous tenant par la main
Nous nous croyons partout chez nous
Sous l'arbre doux sous le ciel noir

Sous tous les toits au coin du feu
Dans la rue vide en plein soleil
Dans les yeux vagues de la foule
Auprès des sages et des fous
Parmi les enfants et les grands
L'amour n'a rien de mystérieux
Nous sommes l'évidence même
Les amoureux se croient chez nous.

SEMAINE

1

Les flots de la rivière
La croissance du ciel
Le vent la feuille et l'aile
Le regard la parole
Et le fait que je t'aime
Tout est en mouvement.

2

Une bonne nouvelle
Arrive ce matin
Tu as rêvé de moi.

3

Je voudrais associer notre amour solitaire
Aux lieux les plus peuplés du monde
Qu'il puisse laisser de la place
À ceux qui s'aiment comme nous

Ils sont nombreux ils sont trop peu.

4

Je m'en prends à mon cœur je m'en prends à mon corps
Mais je ne fais pas mal à celle que j'adore.

5

Nous étions deux et nous venions de vivre
Une journée d'amour ensoleillé
Notre soleil nous l'embrassions ensemble
La vie entière nous était visible

Quand la nuit vint nous restâmes sans ombre
À polir l'or de notre sang commun
Nous étions deux au cœur du seul trésor
Dont la lumière ne s'endort jamais.

6

Le brouillard mêle sa lumière
À la verdure des ténèbres
Ti tu mêles ta chair tiède
À mes désirs acharnés.

7

Tu te couvres tu t'éclaires
Tu t'endors et tu t'éveilles
Au long des saisons fidèles

Tu bâtis une maison
Et ton cœur la mûrit
Comme un lit comme un fruit

Et ton corps s'y réfugie
Et tes rêves s'y prolongent
C'est la maison des jours tendres

Et des baisers dans la nuit.

LA MORT L'AMOUR LA VIE

J'ai cru pouvoir briser la profondeur l'immensité
Par mon chagrin tout nu sans contact sans écho
Je me suis étendu dans ma prison aux portes vierges
Comme un mort raisonnable qui a su mourir
Un mort non couronné sinon de son néant
Je me suis étendu sur les vagues absurdes
Du poison absorbé par amour de la cendre
La solitude m'a semblé plus vive que le sang

Je voulais désunir la vie
Je voulais partager la mort avec la mort
Rendre mon cœur au vide et le vide à la vie
Tout effacer qu'il n'y ait rien ni vitre ni buée
Ni rien devant ni rien derrière rien entier
J'avais éliminé le glaçon des mains jointes
J'avais éliminé l'hivernale ossature
Du vœu de vivre qui s'annule.

*

Tu es venue le feu s'est alors ranimé
L'ombre a cédé le froid d'en bas s'est étoilé

Et la terre s'est recouverte
De ta chair claire et je me suis senti léger
Tu es venue la solitude était vaincue
J'avais un guide sur la terre je savais
Me diriger je me savais démesuré
J'avançais je gagnais de l'espace et du temps

J'allais vers toi j'allais sans fin vers la lumière
La vie avait un corps l'espoir tendait sa voile
Le sommeil ruisselait de rêves et la nuit
Promettait à l'aurore des regards confiants
Les rayons de tes bras entr'ouvraient le brouillard
Ta bouche était mouillée des premières rosées
Le repos ébloui remplaçait la fatigue
Et j'adorais l'amour comme à mes premiers jours.

*

Les champs sont labourés les usines rayonnent
Et le blé fait son nid dans une houle énorme
La moisson la vendange ont des témoins sans nombre
Rien n'est simple ni singulier
La mer est dans les yeux du ciel ou de la nuit
La forêt donne aux arbres la sécurité
Et les murs des maisons ont une peau commune
Et les routes toujours se croisent

Les hommes sont faits pour s'entendre
Pour se comprendre pour s'aimer
Ont des enfants qui deviendront pères des hommes
Ont des enfants sans feu ni lieu
Qui réinventeront le feu
Qui réinventeront les hommes
Et la nature et leur patrie
Celle de tous les hommes
Celle de tous les temps.

LE CHÂTEAU DES PAUVRES

(1951)

Il existe en Périgord, non loin de l'endroit où Paul Éluard écrivit ce poème, une vieille ferme nommée le Château des pauvres.

LE CHÂTEAU DES PAUVRES

Venant de très bas, de très loin, nous arrivons au-delà.

Une longue chaîne d'amants
Sortit de la prison dont on prend l'habitude

Sur leur amour ils avaient tous juré
D'aller ensemble en se tenant la main
Ils étaient décidés à ne jamais céder
Un seul maillon de leur fraternité

La misère rampait encore sur les murs
La mort osait encore se montrer
Il n'y avait encore aucune loi parfaite
Aucun lien admirable
S'aimer était profane
S'unir était suspect

Ils voulaient s'enivrer d'eux-mêmes
Leurs yeux voulaient faire leur miel
Leur cœur voulait couver le ciel
Ils aimaient l'eau par les chaleurs
Ils étaient nés pour adorer le feu l'hiver

Ils avaient trop longtemps vécu contradictoires
Dans le chaos de l'esclavage
Rongeant leur frein lourds de fatigue et de méfaits
Ils se heurtaient entre eux étouffant les plus faibles

Quand ils criaient au secours
Ils se croyaient punissables ou fous
Leur drame était le repoussoir
De la félicité des maîtres

Que de baisers désespérés les menottes aux lèvres
Sous le soleil fécond que de retours à rien
Que de vaincus par le trop-plein de leur candeur
Empoignant un poignard pour prouver leur vertu

Ils étaient couronnés de leurs nerfs détraqués
On entendait hurler merci
Merci pour la faim et la soif
Merci pour le désastre et pour la mort bénie
Merci pour l'injustice
Mais qu'en attendez-vous et l'écho répondait

Nous nous délecterons de la monotonie
Nous nous embellirons de vêtements de deuil
Nous allons vivre un jour de plus
Nous les rapaces nous les rongeurs de ténèbres
Notre aveugle appétit s'exalte dans la boue
On ne verra le ciel que sur notre tombeau

Il y avait bien loin de ce Château des pauvres
Noir de crasse et de sang
Aux révoltes prévues aux récoltes possibles

Mais l'amour a toujours des marges si sensibles
Que les forces d'espoir s'y sont réfugiées
Pour mieux se libérer

Je t'aime je t'adore toi
Par-dessus la ligne des toits
Aux confins des vallées fertiles
Au seuil des rires et des îles
Où nul ne se noie ni ne brûle
Dans la foule future où nul
Ne peut éteindre son plaisir
La nuit protège le désir
L'horizon s'offre à la sagesse
Le cœur aux jeux de la jeunesse
Tout monte rien ne se retire

L'univers de fleurs violentes
Protège l'herbe la plus tendre
Je peux t'enclore entre mes bras
Pour me délivrer du passé
Je peux être agité tranquille
Sans rien déranger de ton rêve
Tu me veux simplement heureux
Et nous serons la porte ouverte
À la rosée au grand soleil
Et je t'entraîne dans ma fièvre
Jusqu'au jour le plus généreux

Il n'y a pas glaces qui tiennent
Devant la foudre et l'incendie
Devant les épis enflammés
D'un vrai baiser qui dit je t'aime
Graine absorbée par le sillon
Il n'y aura pas de problèmes
Minuscules si nous voyons
Ensemble l'aube à l'horizon
Comme un tremplin pour dépasser
Tout ce que nous avons été
Quand le crépuscule régnait

Toi la plus désespérée
Des esclaves dénuées
Toi qui venais de jamais
Sur une route déserte
Moi qui venais de très loin
Par mille sentiers croisés
Où l'homme ignore son bien
Innocent je t'ai fait boire
L'eau pure du miroir
Où je m'étais perdu
Minute par minute

Ce fut à qui donna
À l'autre l'illusion
D'avoir un peu vécu
Et de vouloir durer
Ainsi nous demeurâmes
Dans le Château des pauvres
Au loin le paysage
S'aggravait d'inconnu
Et notre but notre salut
Se couvrait de nuages
Comme au jour du déluge

Château des pauvres les pauvres
Dormaient séparés d'eux-mêmes
Et vieillissaient solitaires
Dans un abîme de peines
Pauvreté les menait haut
Un peu plus haut que des bêtes
Ils pourrissaient leur château
La mousse mangeait la pierre
Et la lie dévastait l'eau
Le froid consumait les pauvres
La croix cachait le soleil

Ce n'était que sur leur fatigue
Sur leur sommeil que l'on comptait
Autour du Château des pauvres
Autour de toutes les victimes
Autour des ventres découverts
Pour enfanter et succomber
Et l'on disait donner la vie
C'est donner la mort à foison
Et l'on disait la poésie
Pour obnubiler la raison
Pour rendre aimable la prison

Pauvres dans le Château des pauvres
Nous fûmes deux et des millions
À caresser un très vieux songe
Il végétait plus bas que terre
Qu'il monte jusqu'à nos genoux
Et nous aurions été sauvés
Notre vie nous la concevions
Sans menaces et sans œillères
Nous pouvions adoucir les brutes
Et rayonnants nous alléger
Du fardeau même de la lutte

Les aveugles nous contemplent
Les pires sourds nous entendent
Ils parviennent à sourire
Il ne nous en faut pas plus
Pour tamiser l'épouvante
De subsister sans défense
Il ne nous en faut pas plus
Pour nous épouser sans crainte
Nous nous voyons nous entendons
Comme si nous donnions à tous
Le pouvoir d'être sans contrainte

Si notre amour est ce qu'il est
C'est qu'il a franchi ses limites
Il voulait passer sous la haie
Comme un serpent et gagner l'air
Comme un oiseau et gagner l'onde
Comme un poisson gagner le temps
Gagner la vie contre la mort
Et perpétuer l'univers

Tu m'as murmuré perfection
Moi je t'ai soufflé harmonie
Quand nous nous sommes embrassés
Un grand silence s'est levé
Notre nudité délirante
Nous a fait soudain tout comprendre
Quoi qu'il arrive nous rêvons
Quoi qu'il arrive nous vivrons

Tu tends ton front comme une route
Où rien ne me fait trébucher
Le soleil y fond goutte à goutte
Pas à pas j'y reprends des forces
De nouvelles raisons d'aimer
Et le monde sous son écorce
M'offre sa sève conjuguée
Au long ruisseau de nos baisers

Quoi qu'il arrive nous vivrons
Et du fond du Château des pauvres
Où nous avons tant de semblables
Tant de complices tant d'amis
Monte la voile du courage
Hissons-la sans hésiter
Demain nous saurons pourquoi
Quand nous aurons triomphé

Une longue chaîne d'amants
Sortit de la prison dont on prend l'habitude

La dose d'injustice et la dose de honte
Sont vraiment trop amères

Il ne faut pas de tout pour faire un monde il faut
Du bonheur et rien d'autre

Pour être heureux il faut simplement y voir clair
Et lutter sans défaut

Nos ennemis sont fous débiles maladroits
Il faut en profiter

N'attendons pas un seul instant levons la tête
Prenons d'assaut la terre

Nous le savons elle est à nous submergeons-la
Nous sommes invincibles

Une longue chaîne d'amants
Sortit de la prison dont on prend l'habitude

Au printemps ils se fortifièrent
L'été leur fut un vêtement un aliment
L'hiver ils crurent au cristal aux sommets bleus
La lumière baigna leurs yeux
De son alcool de sa jeunesse permanente

Ô ma maîtresse Dominique ma compagne
Comme la flamme qui s'attaque au mur sans paille
Nous avons manqué de patience
Nous en sommes récompensés

Tu veux la vie à l'infini moi la naissance
Tu veux le fleuve moi la source
Nul brouillard ne nous a voilés
Et simplement dans la clarté je te retrouve

Vois les ruines déjà du Château qu'on oublie
Il n'avait pas d'architecture définie
Il n'avait pas de toit
Il n'avait pas d'armure
Agonies et défaites y resplendissaient
La naissance y était obscure

Vois l'ombre transparente du Château des pauvres
Qui fut notre berceau notre vieille misère
Rions à travers elle
Rions du beau temps fixe qui nous met au monde

Il s'est fait un climat sur terre plus subtil
Que la montée du jour fertile
C'est le climat de nos amours
Et nous en jouissons car nous le comprenons

Il est la vérité sa clarté nous inonde

Nous étendons la fleur de la vie ses couleurs
Le meilleur de nous-mêmes
Par-delà toute nuit
Notre cœur nous conduit
Notre tendresse unit les heures

Ce matin un oiseau chante
Ce soir une femme espère
L'oiseau chante pour demain
La femme nous reproduit

Le vieux mensonge est absorbé
Par les plus drus rochers par la plus grasse glèbe
Par la vague par l'herbe
Les pièges sont rouillés

Sur la ligne droite qui mène
La cascade à son point de chute
Et sur la longue inclinaison
Qui torture le cours du fleuve
Se fixent mille points d'aplomb
Où la vue et la vie s'émeuvent
Éblouies ou se reposant

Fleuve et cascade du présent
Comme un seul battement du cœur
Pour l'unique réseau du sang
L'eau se mêle à l'espoir visible
Je vois une allée peuplée
Des grands gardiens de l'ordre intime
L'exaltation jointe à la paix

L'homme courbé qui se redresse
Qui se délasse et crie victoire
Vers son prochain vers l'infini
Le jour souple qui se détend
Moulant la terre comme un gant
L'étincelle devient diamant
La vague enflammée un étang

Tout se retourne la moisson
Devient le grain du blé crispé
La fleur se retrouve bouton
Le désir et l'enfant s'abreuvent
De même chair de même lait
Et la nuit met sous les paupières
De l'homme et de l'eau la même ombre

La vie au cours du temps la vie
Le réel et l'imaginaire
Sont ses deux mains et ses deux yeux
Ma table pèse mon poème
Mon écriture l'articule
L'image l'offre à tout venant
Chacun s'y trouve ressemblant

Le réel c'est la bonne part
L'imaginaire c'est l'espoir
Confus qui m'a mené vers toi
À travers tant de bons refus
À travers tant de rages froides
Tant de puériles aventures
D'enthousiasmes de déceptions

Souviens-toi du Château des pauvres
De ces haillons que nous traînions
Et vrai nous croyions pavoiser
Nous reflétions un monde idiot
Riions quand il fallait pleurer
Voyions en rose la vie rouge
Absolvions ce qui nous ruinait

Dis-toi que je parle pour toi
Plus que pour moi puisque je t'aime
Et que tu te souviens pour moi
De mon passé par mes poèmes
Comment pourrais-tu m'en vouloir
Ne comptons jamais sur hier
Tout l'ancien temps n'est que chimères

De même que je t'aime enfant
Et jeune fille il faut m'aimer
Comme un homme et comme un amant

Dans ton univers nouveau-né
Nous avions tous deux les mains vides
Quand nous nous sommes abordés
Et nous nous sommes pensés libres

Il ne fallait rien renoncer
Que le mal de la solitude
Il ne fallait rien abdiquer
Que l'orgueil vain d'avoir été
En dépit de la servitude
Ô disais-tu mon cœur existe
Mon cœur bat en dépit de tout

Je ne mens jamais ni ne doute
Je t'aime comme on vient au monde
Comme le ciel éclate et règne
Je suis la lettre initiale
Des mots que tu cherchas toujours
La majuscule l'idéale
Qui te commande de m'aimer

Dans le Château des pauvres je n'ai pu t'offrir
Que de dire ton cœur comme je dis mon cœur
Sans ombre de douleur sans ombre de racines
En enfant frère des enfants qui renaîtront
Toujours pour confirmer notre amour et l'amour

Le long effort des hommes vers leur cohésion
Cette chaîne qui sort de la géhenne ancienne
Est soudée à l'or pur au feu de la franchise
Elle respire elle voit clair et ses maillons
Sont tous des yeux ouverts que l'espoir égalise

La vérité fait notre joie écoute-moi
Je n'ai plus rien à te cacher tu dois me voir
Tel que je suis plus faible et plus fort que les autres

Plus fort tenant ta main plus faible pour les autres
Mais j'avoue et c'est là la raison de me croire

J'avoue je viens de loin et j'en reste éprouvé
Il y a des moments où je renonce à tout
Sans raisons simplement parce que la fatigue
M'entraîne jusqu'au fond des brumes du passé
Et mon soleil se cache et mon ombre s'étend

Vois-tu je ne suis pas tout à fait innocent
Et malgré moi malgré colères et refus
Je représente un monde accablant corrompu
L'eau de mes jours n'a pas toujours été changée
Je n'ai pas toujours pu me soustraire à la vase

Mes mains et ma pensée ont été obligées
Trop souvent de se refermer sur le hasard
Je me suis trop souvent laissé aller et vivre
Comme un miroir éteint faute de recevoir
Suffisamment d'images et de passions
Pour accroître le poids de ma réflexion

Il me fallait rêver sans ordre sans logique
Sans savoir sans mémoire pour ne pas vieillir
Mais ce que j'ai souffert de ne pouvoir déduire
L'avenir de mon cœur fugitif dis-le-toi
Toi qui sais comment j'ai tenté de m'associer
À l'espoir harmonieux d'un bonheur assuré

Dis-le-toi la raison la plus belle à mes yeux
Ma quotidienne bien-aimée ma bien-aimante
Faut-il que je ressente ou faut-il que j'invente
Le moment du printemps le cloître de l'été
Pour me sentir capable de te rendre heureuse
Au cœur fou de la foule et seule à mes côtés

Nul de nous deux n'a peur du lendemain dis-tu
Notre cœur est gonflé de graines éclatées
Et nous saurons manger le fruit de la vertu
Sa neige se dissipe en lumières sucrées
Nous le reproduirons comme il nous a conçus
Chacun sur un versant du jour vers le sommet

Oui c'est pour aujourd'hui que je t'aime ma belle
Le présent pèse sur nous deux et nous soulève
Mieux que le ciel soulève un oiseau vent debout
C'est aujourd'hui qu'est née la joie et je marie
La courbe de la vague à l'aile d'un sourire
C'est aujourd'hui que le présent est éternel

Je n'ai aucune idée de ce que tu mérites
Sauf d'être aimée et bien aimée au fond des âges
Ma limite et mon infini dans ce minuit
Qui nous a confondus pour la vie à jamais
En nous abandonnant nous étions davantage

Ce minuit-là nous fûmes les enfants d'hier
Sortant de leur enfance en se tenant la main
Nous nous étions trouvés retrouvés reconnus
Et le matin bonjour dîmes-nous à la vie
À notre vie ancienne et future et commune

À tout ce que le temps nous infuse de force.

DOSSIER

LA VIE ET L'ŒUVRE DE PAUL ÉLUARD

1895. 14 décembre : naissance de Eugène-Émile-Paul Grindel à Saint-Denis (Seine). Son père est comptable. Élève à l'école de Saint-Denis, puis à celle d'Aulnay-sous-Bois. En 1909, à l'école primaire supérieure Colbert, à Paris.

1912. Décembre : une hémoptysie le contraint à interrompre ses études. Il entre au sanatorium de Clavadel, près de Davos, en Suisse, où il rencontre une jeune Russe, Hélène Dmitrovnia Diakonova, qu'il prénomme Gala. Elle deviendra Gala Éluard en 1917.
Lecture des *Feuilles d'herbe* de Whitman et des poètes unanimistes du groupe de l'Abbaye de Créteil.

1913. Grindel publie, à compte d'auteur, *Premiers poèmes* et, l'année suivante, *Dialogues des inutiles* (détruits plus tard par leur auteur).

1914. Décembre : quelque mois après sa sortie du sanatorium, il est mobilisé.

1916. Infirmier à l'hôpital ordinaire d'évacuation n° 18 à Hargicourt (Somme). Il signe Éluard, du nom de sa grand-mère maternelle, une plaquette de vers polycopiée, *Le Devoir.*

1917. Sur le front, au 95e Régiment d'Infanterie. Hospitalisé, il rentre à Paris.

1918. Mai : naissance de sa fille, Cécile.
En juillet, Éluard publie les *Poèmes pour la paix.*

1919. Il rejoint le groupe Dada où il entre en relations avec Aragon, Breton, Soupault, Tzara.

1920. Il publie le premier numéro de sa revue *Proverbe* et *Les Animaux et leurs hommes, les hommes et leurs animaux.*

1921. *Les Nécessités de la vie et les conséquences des rêves.*

1922. Le groupe Dada s'effrite. Publication des *Malheurs des immortels* et de *Répétitions.*

1924. Le premier *Manifeste du surréalisme* permet de regrouper les transfuges de Dada autour d'André Breton.
Éluard publie *Mourir de ne pas mourir,* puis s'embarque à Marseille pour une fugue de sept mois en Extrême-Orient. À son retour il participe à la rédaction du premier numéro de *La Révolution surréaliste.*

1925. *152 Proverbes mis au goût du jour,* écrits en collaboration avec Benjamin Péret, et *Au défaut du silence.*

1926. *Capitale de la douleur. Les Dessous d'une vie ou la pyramide humaine.* Éluard adhère au parti communiste et collabore à la revue *Clarté.*

1927. Signe avec Aragon, Breton, Péret et Unik, la « lettre des cinq » aux surréalistes non communistes.

1928. *Défense de savoir.* Éluard est hospitalisé dans les Grisons, au sanatorium d'Arosa, où il passera l'hiver.

1929. *L'Amour la poésie.* Éuard rencontre Nusch (Maria Benz) qu'il épousera en 1934 et qui l'accompagnera dix-sept ans, et René Char.

1930. *Ralentir travaux,* en collaboration avec Char et Breton. *À toute épreuve. L'Immaculée Conception,* en collaboration avec Breton.

1931. *Dors.*

1932. *La Vie immédiate.* Au lendemain du Congrès international des écrivains révolutionnaires de Kharkov, Éluard rompt avec Aragon et fait paraître contre lui un texte sévère : *Certificat.*

1933. Éluard est exclu du parti communiste. Il publie *Comme deux gouttes d'eau.*

1934. Éluard contre le péril d'extrême droite signe « L'Appel à la lutte » et participe au Comité de vigilance des Intellectuels. *La Rose publique* clôt une certaine manière de poésie expérimentale.

1935. Conférences à Prague, pour l'exposition surréaliste, avec Breton. *Nuits partagées* et *Facile.*

1936. *Grand air, La Barre d'appui, Notes sur la poésie* (avec Breton), *Les Yeux fertiles.* Série de conférences en Espagne autour d'une rétrospective Picasso et à Londres où se tient l'Exposition internationale du surréalisme. Prend position contre le coup de force franquiste.

1937. *L'Évidence poétique, Les Mains libres, Premières vues anciennes, Appliquée, Quelques-uns des mots qui jusqu'ici m'étaient mystérieusement interdits.*

1938. Organise avec Breton l'« Exposition internationale du surréalisme » à Paris et collabore avec lui au *Dictionnaire abrégé du surréalisme.* Après le bombardement de Guernica, en Espagne, Éluard s'engage plus activement et plus violemment qu'avant (« La victoire de Guernica » dans *Cours naturel*). *Solidarité,* illustré par Miró, Picasso, Tanguy, Masson, est vendu au profit des Républicains espagnols.

1939. Publication de *Médieuses,* illustré par Valentine Hugo, *Chanson complète, Donner à voir.* Éluard est mobilisé dans l'Intendance à Mignères (Loiret).

1940. Éluard démobilisé regagne Paris. Parution du *Livre ouvert I.*

1941. *Moralité du sommeil* et *Sur les pentes inférieures.* Éluard s'engage dans la Résistance.

1942. Les avions de la Royal Air Force parachutent au-dessus des maquisards des milliers d'exemplaires de *Poésie et vérité 1942.* Le poète revient définitivement dans le sein du parti communiste. *Le Livre ouvert II. Poésie involontaire et poésie intentionnelle.* Éluard devient membre du comité de lecture des éditions de Minuit.

1943. Renoue avec Aragon et anime avec lui le Comité national des écrivains. Collabore aux *Lettres françaises,* rassemble les textes de *L'Honneur des Poètes,* pour les Éditions de Minuit. Publie *Les Sept Poèmes d'amour en guerre,* sous le pseudonyme de Jean du Haut. De novembre 43 à février 44, Éluard se cache à l'hôpital psychiatrique de Saint-Alban en Lozère. Il compose *Souvenirs de la maison des fous* (publié en 1946).

1944. Février : retour à Paris. *Le Lit la table,* Publie *Les Armes de la douleur,* pour la libération de Toulouse. Fonde un journal clandestin, *L'Éternelle Revue.* Août : le poète sort de la clandestinité et publie une somme de poèmes écrits dans la Résistance : *Dignes de vivre, Au rendez-vous allemand, À Pablo Picasso.* Il reçoit la Médaille de la Résistance.

1945. *En avril 1944 : Paris respirait encore !, Doubles d'ombre, Lingères légères, Une longue réflexion amoureuse, Le Vœu.*

1946. *Poésie ininterrompue I.* Conférences en Tchécoslovaquie et en Italie. Voyage en Yougoslavie et en Grèce. *Le Dur Désir de durer.*

28 novembre : Éluard apprend, en Suisse où il séjourne, la mort de Nusch, à l'âge de 40 ans. De ce jour jusqu'à sa rencontre avec Dominique Lemor au Congrès mondial de la Paix à Mexico (1949), le poète traverse une période de désespoir.

1947. *Objet des mots et des images. Elle se fit élever un palais. Le Temps déborde. Corps mémorable. Le Meilleur Choix de poèmes est celui que l'on fait pour soi* (anthologie 1818-1918). *À l'intérieur de la vue, 8 poèmes visibles* (en collaboration avec Max Ernst).

1948. *Picasso à Antibes. Voir. Premiers poèmes, 1913-1921. Poèmes politiques.* Éluard se fait le porte-parole de la paix et de la liberté dans de nombreux pays. *Corps mémorable, Le Bestiaire.*

1949. *Perspectives. La Saison des amours.* Parcourt la Macédoine et passe quelques jours auprès des partisans grecs. *Grèce ma rose de raison. Une leçon de morale.*

1950. *Hommage aux Martyrs et aux combattants du Ghetto de Varsovie,* Voyage en Tchécoslovaquie et en U.R.S.S.

1951. Mariage d'Éluard et de Dominique. Ils partagent leur temps entre Paris, Beynac (Dordogne) et Saint-Tropez. Publication de *Pouvoir tout dire. Première anthologie vivante de la poésie du passé. La jarre peut-elle être plus belle que l'eau ?, Le Visage de la Paix, Grain-d'aile, Le Phénix, Marines.*

1952. À Genève, Paul Éluard donne une conférence sur le thème : *La Poésie de circonstance.* Représentant le peuple français, il participe à Moscou aux manifestations organisées pour commémorer le cent cinquantième anniversaire de la naissance de Victor Hugo et le centième anniversaire de la mort de Gogol.

Il publie l'*Anthologie des écrits sur l'art, Les Sentiers et les routes de la poésie.* Il achève *Poésie ininterrompue II.* Pendant l'été, le poète subit une première attaque d'angine de poitrine. Le 18 novembre, à 9 heures du matin, à son domicile parisien de l'avenue de Gravelle, Paul Éluard succombe à une nouvelle crise cardiaque.

BIBLIOGRAPHIE

1917. *Le Devoir et l'inquiétude* (Gonon).

1918. *Poèmes pour la paix.*

1920. *Les Animaux et leurs hommes, les hommes et leurs animaux* (Au Sans Pareil).

1921. *Les Nécessités de la vie et les conséquences des rêves* précédé d'*Exemples* (Au Sans Pareil).

1922. *Répétitions* (Au Sans Pareil).

1924. *Mourir de ne pas mourir* (N.R.F.).

1925. *Au défaut du silence.*

1926. *Capitale de la douleur* (N.R.F.). *Les Dessous d'une vie ou la pyramide humaine* (Les Cahiers du Sud).

1928. *Défense de savoir* (Éditions surréalistes).

1929. *L'Amour la poésie* (N.R.F.).

1930. *À toute épreuve* (Éditions surréalistes).

1931. *Dors.*

1932. *La Vie immédiate* (Éditions des Cahiers libres).

1933. *Comme deux gouttes d'eau* (Corti).

1934. *La Rose publique* (N.R.F.).

1935. *Nuits partagées* (G.L.M.). *Facile* (G.L.M.).

1936. *La Barre d'appui* (Éditions des Cahiers d'Art). *Les Yeux fertiles* (G.L.M.).

1937. *L'Évidence poétique* (G.L.M.). *Appliquée. Les Mains libres* (Édition Jeanne Bucher). *Quelques-uns des mots qui jusqu'ici m'étaient mystérieusement interdits* (G.L.M.).

1938. *Cours naturel* (Éditions du Sagittaire).

1939. *Médieuses. Chanson complète* (N.R.F.). *Donner à voir* (N.R.F.).

1940. *Le Livre ouvert, I, 1938-1940* (Éditions des Cahiers d'Art).

1941. *Moralité du sommeil* (Éditions de l'Aiguille aimantée, Anvers). *Sur les pentes inférieures* (Éditions La Peau de chagrin). *Choix de poèmes* 1916-1940 (N.R.F.).

1942. *Le Livre ouvert, II, 1939-1941* (Éditions des Cahiers d'Art). *La Dernière Nuit. Poésie involontaire et poésie intentionnelle* (Éditions Poésie 42). *Poésie et vérité 1942* (Éditions de la Main à la plume).

1943. *Les Sept Poèmes d'amour en guerre* (Bibliothèque française).

1944. *Le Lit la table* (Éditions des Trois Collines, Genève). *Dignes de vivre* (Éditions Sequana). *Au rendez-vous allemand* (Éditions de Minuit). *À Pablo Picasso* (Éditions des Trois Collines, Genève).

1945. *En avril 1944 : Paris respirait encore!* (Éditions de la Galerie Charpentier) *Lingères légères* (Seghers). *Une longue réflexion amoureuse* (Éditions Ides et Calendes, Neuchâtel et Paris).

1946. *Poésie ininterrompue* (Gallimard). *Souvenirs de la maison des fous* (Éditions Pro Francia). *Le Dur Désir de durer* (Éditions Arnold-Bordas).

1947. *Objet des mots et des images. Le Livre ouvert (1938-1944) I* et *II* (Gallimard). *Le Temps déborde* (Éditions des Cahiers d'Art). *Corps mémorable* (Seghers). *Le Meilleur Choix de poèmes est celui que l'on fait pour soi, 1818-1918* (Éditions du Sagittaire).

1948. *À l'intérieur de la vue* (Seghers). *Picasso à Antibes* (Éditions Drouin). *Voir* (Éditions des Trois Collines, Genève). *Premiers poèmes 1913-1921* (Éditions Mermod, Lausanne). *Poèmes politiques* (Gallimard).

1949. *Perspectives* (Maeght). *Léda* (Éditions Mermod, Lausanne). *Une leçon de morale* (Gallimard).

1950. *Hommages* (Éditions des Cahiers de la Poésie Nouvelle, Namur).

1951. *Pouvoir tout dire* (Éditions Raisons d'être). *Le Phénix* (G.L.M.). *Grain-d'aile* (Éditions Raison d'être). *La jarre peut-elle être plus belle que l'eau ?* (Gallimard). *Première anthologie vivante de la poésie du passé* (Seghers). *Le Visage de la Paix* (Éditions Cercle d'Art).

1952. *Anthologie des écrits sur l'art* (Éditions Cercle d'Art). *Les Sentiers et les routes de la poésie* (Éditions Les Écrivains réunis).

1963. *Derniers poèmes d'amour* (*Une longue réflexion amoureuse, Le Dur Désir de durer, Le Temps déborde, Corps mémorable, Le Phénix*) (Seghers ; nouvelle éd. 2002).
Le Poète et son ombre (Seghers ; nouvelle éd. 2008).

1968. *Œuvres complètes*, édition de Lucien Scheler, 2 vol. « Bibliothèque de la Pléiade » (Gallimard).

POÈMES (1914)

LE DEVOIR ET L'INQUIÉTUDE (1917)

POUR VIVRE ICI (1918)

POÈMES POUR LA PAIX (1918)

LES ANIMAUX ET LEURS HOMMES LES HOMMES ET LEURS ANIMAUX (1920)

LES NÉCESSITÉS DE LA VIE ET LES CONSÉQUENCES DES RÊVES, précédé d'EXEMPLES (1921)

RÉPÉTITIONS (1922)

MOURIR DE NE PAS MOURIR (1924)

CAPITALE DE LA DOULEUR (1926)

LES DESSOUS D'UNE VIE

ou LA PYRAMIDE HUMAINE (1926)

DÉFENSE DE SAVOIR (1928)

L'AMOUR LA POÉSIE (1929)

À TOUTE ÉPREUVE (1930)

LA VIE IMMÉDIATE (1932)

LA ROSE PUBLIQUE (1934)

FACILE (1935)

LES YEUX FERTILES (1936)

LES MAINS LIBRES (1937)

COURS NATUREL (1938)

DONNER À VOIR (1939)

CHANSON COMPLÈTE (1939)

MÉDIEUSES (1939)

LE LIVRE OUVERT, I (1940)

LE LIVRE OUVERT, II (1941)

POÉSIE ET VÉRITÉ 1942 (1942)

AU RENDEZ-VOUS ALLEMAND (1942-1945)

LE LIT LA TABLE (1944)

EN AVRIL 1944 : PARIS RESPIRAIT ENCORE ! (1945)

LINGÈRES LÉGÈRES (1945)

POÉSIE ININTERROMPUE (1946)

LE DUR DÉSIR DE DURER (1946)

À L'INTÉRIEUR DE LA VUE (1947)

POÈMES POLITIQUES (1948)

LÉDA (1949)

UNE LEÇON DE MORALE (1949)

TOUT DIRE (1951)

LE PHÉNIX (1951)

LE CHÂTEAU DES PAUVRES (1951)

DU MÊME AUTEUR

Dans la même collection

CAPITALE DE LA DOULEUR suivi de L'AMOUR LA POÉSIE. *Préface d'André Pieyre de Mandiargues.*

POÉSIE ININTERROMPUE.

LA VIE IMMÉDIATE suivi de LA ROSE PUBLIQUE, LES YEUX FERTILES, et précédé de L'ÉVIDENCE POÉTIQUE.

POÉSIES (1913-1926). *Préface de Claude Roy.*

LE LIVRE OUVERT (1938-1944).

DONNER À VOIR.

UNE LEÇON DE MORALE.

LES MAINS LIBRES (Dessins de Man Ray illustrés par les poèmes de Paul Éluard).

Ce volume,
le quatre cent quarante-septième
de la collection Poésie,
composé par Interligne
a été achevé d'imprimer sur les presses
de CPI Bussière à Saint-Amand (Cher),
le 23 février 2009.
Dépôt légal : février 2009.
Numéro d'imprimeur : 090697/1.
ISBN 978-2-07-036571-5./Imprimé en France.

163933